진저 장편소설

아이스크림이 녹기 전에

|주|자음과모음

차례

프롤로그

콰륵콰륵.

거친 소음이 계속해서 어둠을 갉는다. 사방에서 누런 모래 알갱이가 소낙비처럼 떨어져 내린다. 바스러진 흙 부스러기는 톡톡톡, 곤의 이마 위로, 뺨 위로, 떡 진 머리카락 뭉치 위로 허밍한다.

"아."

도큰!

곤의 심장이 잔망스레 널뛴다. 공포심이 치솟는다. 하지만 그는 가물가물 감기는 눈썹을 속절없이 바르르 떨어 댈 뿐, 모래비 속에서 흙무덤을 갈색 이불마냥 덮고서 누워만 있다. 일곱 살의 작은 육체는 완전히 방전 상태. 이젠 손가락 하나 까딱할 힘도 없다.

'아직…… 꿈인가?'

밤인지 낮인지, 꿈인지 현실인지. 곤은 알 수 없다.

'엄마, 나 그만 잘래. 너무 졸려요.'

짧은 넋두리가 머릿속을 맴돈다. 지금이 꿈속이든 아니든 눈을 감고 빨리 편안해지고만 싶다. 만두처럼 부푼 그의 눈두덩이 차츰차츰 내려 닫힌다.

쉬이잉.

갑자기 막힌 하수구가 뚫린 듯 어디선가 시원한 바람이 불어닥쳤다.

"어이, 뭐가 보여. 사람이 있는 것 같은데…… 흙을 더 파내야겠어!"

"생존자야? 빨리 확인해 봐!"

순식간에 주변이 시끄러워졌다.

"으음?"

졸던 곤은 눈을 끔벅거렸다. 귓구멍이 진흙으로 가득 차서 먹먹했다. 사람들 말소리도 그의 귀엔 윙윙거리는 벌레 소리와 다름없었다. 소리들이 흙벽을 쳐서 동굴에 큰 진동을 일으켰다. 싫다. 만사가 귀찮다.

'자고 싶은데, 또?'

덩달아 겁이 났다. 다시 몸을 뒤흔드는 악몽이 시작될지도 모른다는 진득한 공포감이 싸리비처럼 곤의 전신을 훑고 지나갔다.

"이봐!"

그때였다. 가죽에 싸인 두툼한 손이 곤에게 닿았다. 그 손은 조심스레 흙 범벅이 된 곤의 코와 입술을 더듬어 나갔다.

"여기 애가 있어! 아직 숨을 쉬어! 어서들 와서 도와줘!"

흥분한 남자가 어깨 너머로 고래고래 소리쳤다. 그러고선 곤의 어깨를 틀어잡고 흔들어 대었다.

"괜찮니? 아저씨 말이 들리니?"

그제야 곤은 힘겹게 턱을 들었다.

엄마 손을 잡고 쇼핑몰에 갔었다. 엄마는 칭얼거리는 곤에게 아이스크림을 사서 쥐여 주었다. 지갑을 꺼내는 엄마 뒤에서 곤은 두 손으로 아이스크림을 고이 잡고 서 있었다. 그가 눈을 반짝이며 하얗게 솟은 아이스크림 봉우리에 혀를 대려던 바로 그 순간, 아이스크림 산은 저만치 날아가 버렸다. 곤의 작은 몸과 함께.

"지진이다!"

여기저기서 비명을 질렀다.

날아간 곤은 구석으로 처박혔다. 쉴 새 없는 진동과 먼지 때문에 숨을 쉴 수 없었다. 숫제 거인이 쇼핑몰을 통째로 들고 흔드는 듯했다. 눈을 떴을 땐 오직 어둠뿐. 곁에 아무도 없었다. 엄마도 아이스크림도.

그렇게 무너진 쇼핑몰 속에 매몰당한 지 꼬박 일주일째였다. 곤은 이미 시간적, 공간적 감각을 잃었다. 누군가 그에게 옷장 속에 한 시간 동안 갇혔을 뿐이라 말해도 믿을 터다.

"으음."

곤은 두 눈을 와락 찌푸렸다. 밝은 빛에 눈이 시렸다. 가까스로 실눈을 뜨자마자 어둠의 정중앙에 커다랗고 노란 구멍이 생긴 게 보였다. 혈관이 불거진 우악스러운 손과 그 주인인 주황 셔츠 아저씨의 가슴팍에 달린 '119'라는 마크도 눈에 들어왔다. 야광 숫자들은 작은 동굴 속에서 형형히 빛났다.

"아⋯⋯."

놀란 곤은 입술을 달막거렸지만 목소리가 쉬이 나오질 않았다. 흙 알갱이들 때문에 입과 혀가 까슬까슬했다. 3일 전쯤인가. 진흙 바닥에 굴러다닌 생수를 용케 발견해서 마신 게 마지막 식사였다.

"맙소사⋯⋯ 살아 있잖아!"

굵직한 어른의 음성은 감격에 흠뻑 젖었다.

그 순간, 옅게 뛰던 곤의 심장이 울컥울컥 토악질했다. 그는 차츰차츰 깨닫기 시작했다. 아직 잠들 때가 아니라는 걸.

"이젠 무서워하지 않아도 된단다. 아저씨가 널 밖으로 꺼내 줄 거야. 조금만 참으렴."

빛에 둘러싸인 음성이 자장가처럼 소년의 귓바퀴를 에둘렀다.

'어?'

곤은 멍하니 하얀 원을 응시했다.

한동안 지독스레 그를 괴롭혔던 어둠! 침낭 속에 갇힌 듯 갑갑히 조여들던 어둠! 그 어둠이 마침내 파열되었다. 밖으로 나갈 수 있게 되었다.

그럼에도 몸은 여전히 떨렸다. 하얗게 표백된 빛줄기와, 따갑게 존재감을 드러내는 야광 숫자들이 섬뜩했다. 망토를 뒤집어쓴 거인 같던 어둠. 그것만큼이나 빛도 두려웠다. 허연 살이 통통히 오른 햇발들이 그를 자극했다. 어둠이 예고 없이 그를 덮쳤듯, 빛 또한 급작스레 곤을 삼키려 들었다.

콰르르륵.

동굴이 붕괴되면서 빛은 빠른 속도로 곤을 관통해 나갔다. 곤은 거침없이 밀려드는 빛의 소나기를 고스란히 얻어맞았다. 그는 한 차례 몸서리를 크게 쳤다. 성마른 햇볕에 눈이 멀었고, 어른의 둔중한 손길에 무뎌졌던 감각이 돌아와 온몸이 쓰라렸다. 햇살이 잊었던 육체적 고통을 되살렸다.

'아파. 무서워……'

도근도근!

곤의 심장이 더욱 빠르게 팔딱거렸다.

'힘들어. 제발 좀 자게 해 줘.'

그는 쏟아지는 빛줄기에 머리를 조아리며 지친 눈을 감았다. 긴 시간을 어둠에 강제로 순응해 왔듯이 똑같이 빛에게 납작 엎드렸다. 빛이든 어둠이든. 애초에 스스로 선택할 수 있는 건 없었다.

"얘야, 넌 참 운이 좋구나."

곤이 빛살에 오롯이 사로잡힌 순간, 그 빛이 다정하게 속삭였다.

세븐, 틴

삐이이이!

호루라기 소리가 물 찬 제비마냥 공중으로 날아올랐다.

한 무리의 소년들이 노란 모래 파도를 일으키면서 하얀 선 안으로 우르르 달려 들어왔다.

체육 선생님이 타이머를 들어 숫자를 확인했다.

13.56초.

그는 씨익 웃으며 한 팔을 길게 뻗었다. 막 선두로 들어오는 키 큰 소년의 등을 팡팡 두들겨 주었다.

"잘했다, 곤! 1등이야."

"후하, 후하……."

곤은 숨을 토해 내며 모래 위로 털퍼덕 주저앉았다. 순식간에 100미터 경주가 끝났다. 심장의 모터는 여태 쌩쌩히 최고 속도로 회전하는 중. 마치 누군가 그의 심장에 시한폭탄을 매달아 놓은 듯하다.

'아파라 젠장, 이대로 뒈지겠네.'

그는 한쪽 눈을 찡그리며 등을 웅크렸다. 따가운 햇살을 피하려 애썼다.

6월의 오후. 초여름인데도 불구하고 햇살조차 발정이 났다. 아픈 건지, 쓰라린 건지, 허기가 진 건지, 외로운 건지. 심장을 죄는 고통은 아리송하다. 성난 심장을 달랠 방법일랑 모른다. 들썩거리는 가슴팍을 쥐어뜯으며 고통이 사라지길 기다리는 게 고작이다.

"대에박. 설렁설렁 뛰어도 늘 1등이네. 이 운빨 튼 자식아. 몇 초야?"

그때 홀수 팀에서 뛰었던 희대가 껄껄거리며 다가왔다.

"몰라."

곤은 퉁명스럽게 대꾸했다.

운 좋은 자식!

그 말을 들으면 발끈해 버린다. 오늘 따라 희대는 곤의 짜증을 머리끝까지 부추겼다.

"궁금해서 그러지. 13초? 12초? 비싸게 굴지 말고 가르쳐 주라, 세븐……."

희대가 말을 채 끝내기도 전에, 곤의 얼굴에 핏기가 가셨다. 그는 희대를 잡아 죽일 듯 노려보았다.

"새끼야. 그렇게 부르지 말랬잖아!"

"쏘리 쏘리. 나도 모르게. 기분 풀어, 응?"

아차 하며 희대가 머리를 조아렸다. 곤은 남자애들 중에선 그나마 점잖은 편이다. 실없는 소리도 잘 하지 않는다. 그런 그를 광적으로 돌변시키는 촉매제가 있으니, 그것은 바로 숫자 7! 영어로 세븐! 세븐이란 말만 나오면 곤의 신경이 극도로 예민해진다.

"쏘리. 요놈의 주둥아리가 문제지. 요 입!"

희대는 풀이 죽어선 자신의 입술을 찰싹찰싹 갈겨 댔다.

곤이 한참을 씩씩거리다 말고 손을 자동적으로 가슴에 올렸다.

잉큼잉큼.*

아니나 다를까. 막 시한폭탄 스위치를 누른 듯 심장이 점프했다. 심장박동 소리가 커지고, 가슴이 욱신거렸다. 흙더미에 파묻힌 그날로 돌아간 느낌이랄까.

세븐 보이.

한동안 사람들은 곤을 이름 대신 그렇게 불렀다.

리히터 규모 7.7의 지진으로 무너진 쇼핑몰 매몰지에서 7일 동

---

* 순우리말로 가슴이 가볍게 빨리 자꾸 뛰는 모양.

안 운 좋게 살아남은 일곱 살의 소년, SEVEN BOY!

한 기자가 기사에 붙인 감상적인 타이틀이었다. 그 타이틀은 즉시 곤의 인생을 따라다니는 꼬리표가 되었다. 당시 일본에서 발생한 대지진은 홋카이도섬 가장자리를 물에 잠기게 하고, 한국에도 엄청난 여파를 끼쳤다. 예고 없는 대지진으로 한국의 북동쪽 지역은 크고 작은 피해를 입었다. 특히 곤이 살던 사현동이 가장 피해가 컸다. 나머지 지역은 아파트 벽에 금이 가는 수준의 피해를 입은 데 비해, 사현동은 쇼핑몰과 아파트가 무너져 인명 피해가 컸다.

불안에 떤 사람들은 지진의 충격을 잠식하여 줄 희망적인 이야기를 갈구했다. 그 어떤 재해 속에서도 우리는 살아 있다, 는 식의 감동 스토리. 그리하여 '세븐 보이'는 수많은 희망 스토리 가운데 하나가 되었다.

병원에서 깨어나자마자 곤은 취재진의 물결에 휩쓸렸다. 따가운 카메라 빛에 시달려야 했다.

세븐 보이로 유명세를 타는 가운데 곤의 가족은 안전하다고 판단한 동네로 이사했다. 그 후, 10년이 흘렀다. 지진은 거짓말처럼 다시 오지 않았다. 세븐 보이는 이제 곤의 소화불량을 유발하는 별명이었다. 이로 꼭꼭 씹어서 목구멍으로 넘겼는데도 좁은 목구멍에 물컹물컹 걸려서 도대체 내려가질 않는 오래된 빵 조각처럼. 곤이 아무리 모질게 끊어 내려 해도 세븐 보이는 죽지 않았다.

인터넷을 검색하면 잔뜩 겁에 질린 일곱 살 곤의 사진이며 가냘픈 목소리로 방송 인터뷰를 한 동영상까지 끝도 없이 나온다. 세븐이 아니라, 세븐틴이 된 지금까지 사람들은 세븐 보이를 잊지 않았다. 작년엔 한 방송사에서 곤을 찾아와 〈그때 그 사람은 지금?〉이라는 프로그램에 나와 달라고 요청했다. 방송을 한사코 거절하느라 곤과 가족들은 애를 먹었다.

곤은 행운 신경증에 걸려 버렸다.

행운아, 러키 보이, 세븐. 그런 단어들만 들려도 귀가 짓무르는 느낌이다. 가슴이 울렁거리고 불안감이 엄습했다.

거기다 올해는 하필 '세븐틴'이 되는 해. 곤은 시간이 흐르기만 바랐다. 그 불길한 숫자 세븐이 들어가는 것만으로도 지쳤다. 그저 어서 열여덟이 되고 싶을 뿐이다.

"입조심해라."

곤이 일그러진 얼굴로 주먹을 흔들었다.

"쏘리하다니깐."

희대가 스님마냥 두 손을 모아 합장했다. 아예 펑퍼짐한 엉덩이를 우스꽝스레 흔들었다.

"너는 몇 초 뛰었어?"

곤은 얼른 화제를 바꾸었다.

"21초."

희대는 의기양양하게 손가락을 세워 V 자를 그렸다.

"더럽게 느리네. 나중에 군대는 가겠냐?"

기분이 풀린 곤이 친구를 비웃었다. 나날이 통통해지는 희대의 볼을 보면 그 숫자가 놀랍지도 않았다.

"꼴찌만 아니면 되지. 내 뒤엔 만년 꼴찌 경석이가 있잖냐."

희대는 엄지로 뒤를 가리키곤 히죽이 웃었다.

"어련하시겠냐."

곤은 그쪽을 힐끔하다 말고 헛웃음을 쳤다.

1학년 1반엔 모든 경쟁에서 꼴찌를 도맡아 해 주는 고마운 녀석, 경석이가 있다.

그는 지적장애 학생이었다. 장애 학생들은 학교 내의 특수반과 일반 교실을 왔다 갔다 하면서 통합 교육을 받는데, 교실보단 특수반에서 머무르는 시간이 곱절로 길었다.

"올핸 쟤 덕택에 편히 지내겠어. 우리 아부진 내가 반 꼴찌만 안 하면 냅두거든. 경석이가 진정한 천사지."

희대는 경석을 향해 윙크했다.

"천사는 개뿔."

곤은 입술을 삐쭉 올렸다 내렸다.

학교에선 특수반의 어감이 별로라면서 학생들에게 특수반 대신 천사반이라고 부르기를 강요하지만 경석이가 천사? 영 껄끄럽다.

고딩쯤 되면 제아무리 귀여운 외모의 남자애라 해도 천사라는 용어가 간지럽다.

더군다나 경석인 웬만한 성인 남자만치 크다. 장딴지엔 튼실하게 알이 박혔고, 코밑엔 턱수염이 거뭇거뭇 성겼다. 뇌 기능은 여섯 살 아이 그대로임에도, 웬일인지 그의 신체만은 물 먹은 콩나물마냥 쑥쑥 성장하는 중이었다.

곤이 대놓고 쳐다봐도 경석은 별 반응이 없었다.

그는 더북한 머리카락을 긁적대다가 이내 얼이 빠졌다. 투박한 손가락으로 땅바닥의 모래를 한 줌 쥐었다 놓기를 반복하다가, 모래 묻힌 손으로 여드름으로 붉게 터진 제 뺨을 어루만졌다.

"부러운 새끼."

곤은 경석이를 흘기며 중얼거렸다.

정말 미치도록 부러운 녀석이다. 경석이가 날개 없는 천사로서 누리는 그 낮은 기대치가 부럽다. 경석은 밥 잘 먹고, 잘 자고, 잘 싸면 만사 오케이. 모두가 잘했다며 저 여드름투성이의 중간 청년을 칭찬해 주기 바쁘다.

그에 비해 곤의 삶은 복잡다단하다. 꾸준히 공부해야 하고, 대학도 눈치껏 좋은 데로 가야 하고, 대기업에 취직도 해야 하고, 그런 대로 봐줄 만한 여자를 골라 결혼도 해야 하고, 집도 사야 하고, 에 또……

"지방 좀 빼라. 이건 어쩔 거야?"

툭, 곤이 검지로 희대의 가슴을 찔렀다.

체육복 상의가 반으로 푹 접혀서 들어갔다. 희대의 가슴살이 끈끈이주걱마냥 곤의 손가락 한 마디를 덥석 잡아먹어 버렸다. 뭉실뭉실한 살덩어리가 그의 손가락을 휘감으니 되레 곤혹스러워졌다.

'윽. 괜히 만졌어.'

찝찝해진 곤은 화들짝 손가락을 빼내었다. 그는 모르는 척 손가락을 바지춤에 닦았다. 쓱쓱쌱쌱.

"나 어제 독수리 오 형제 기록 갱신했다!"

희대가 깐 메추리 알 같은 눈알을 부릅뜨고 기뻐했다.

독수리 오 형제란, 손으로 중요 부위를 문지르는 자위행위를 일컫는 은어였다.

"몇 번?"

마지못해 곤이 되물었다.

"일곱 번."

희대가 손가락 일곱 개를 세웠다.

"구라 치지 마."

곤이 앉은 자세를 바꾸었다.

심드렁한 친구의 반응이 섭섭한지 희대가 열불을 토하기 시작했다. 옆에서 얼핏 들은 몇몇 친구들이 킥킥거렸다. 그러자 그는 한층 더 목에 핏대를 올리고 너스레를 떨었다.

"진짜라니까. 일곱 번째는 안 서려는 걸 아주 오기로 세웠거든. 아직도 얼얼해 죽겠어. 거기 색이 시뻘개졌는데…… 볼래?"

희대가 대놓고 반바지 고무줄을 잡아 내렸다. 남자애들끼리라고 가릴 게 없다.

"돈 줘도 안 봐."

곤이 넌더리를 냈다.

"혼자 보기 아까워서 글지."

"껍질 깐 지 얼마나 됐다고 적당히 해라, 새꺄."

그는 동정심 가득한 표정으로 희대를 타박했다.

딱지 모으기부터 숨 오래 참기까지. 희대는 늘 별 시답지 않은 기록 갱신에 목숨을 걸어 왔다. 최근엔 독수리 오 형제 기록 갱신에 맛 들였다.

"그나저나 공모전 사진은 잘돼?"

희대가 큰 얼굴을 기울이자, 턱살이 출렁였다.

"전혀. 올핸 그냥 패스할까 봐."

곤이 겸연쩍게 어깨를 으쓱했다.

그의 취미는 사진 촬영. 3년 연속 청소년 사진 콘테스트에 참가해 처참히 떨어졌다.

'사진과나 갈까?'

문득문득 그런 생각도 해 보았다. 하지만 그건 번듯한 상이라도 탄 후의 얘기고, 아직까지 사진은 심각할 거 없는 고만고만한 취미다. 나의 장래 희망은 사진작가가 되는 것입니다, 라고 당당히 밝히기엔 낯 뜨겁다.

"또또. 넌 할 거면서 꼭 통기더라. 아무거나 찍어서 내 봐. 얻어걸릴 줄 누가 알아. 니 운은 타고났으니."

입버릇처럼 희대가 또 '운'을 말끝에 달았다. 그놈의 지랄 맞은 운을!

"시끄러. 인생이 그렇게 호락호락한 줄 알아?"

기분이 슬쩍 틀어진 곤이 불퉁하게 되받아쳤다.

희대의 기대가 슬슬 부담스러워진다. 딱히 자신의 사진 실력이 뛰어난 것 같진 않다. 나름대로 심혈을 기울여 찍어 보냈지만 예선에도 오르지 못했으니까.

"텄어. 죽여주는 참신한 소재를 찾기 전엔 안 낼 거야. 그런 줄 알아."

곤은 변명처럼 읊조렸다.

"소재야 구하면 되지. 있어 봐, 내가 여자 반 애들이랑 말 트는 중이니까 쌔끈한 모델 하나 물어다 줄게. 뭐니 뭐니 해도 인물 사진이 최고지!"

"아서."

놀란 곤이 파닥파닥 손사래를 쳤다.

희대가 나서니 사진에 대한 열정이 뚝 곤두박질쳤다. 어떤 식으로든 남한테 기대를 받는 일은 피하고 싶었다.

"불알친구 좋다는 게 뭐야. 대신 상 타면 밥이나 거하게 쏴라. 나도 내 친구가 유명 사진가라고 적극 홍보해 줄게. 상금이 얼마랬지?"

희대가 뱁새 눈알을 번뜩였다. 진심으로 곤의 수상을 확신하는 표정이었다.

"됐다니까."

난감해진 곤이 이마를 짚었다.

"애들아. 종 치니까 교실로 돌아가!"

그때, 뒤에서 체육 선생님이 고함을 질렀다. 발 빠른 남자애들은 벌써 게걸음으로 슬금슬금 교실로 돌아가는 중이다.

"가자."

곤은 용수철이 튀어 오르듯 펄쩍 일어섰다. 속으론 희대가 제발 사진 공모전은 잊어 주길 바라면서.

저벅저벅. 그는 큰 보폭으로 운동장을 가로질러 가기 시작했다. 도중에 당연한 듯 지진계 앞에서 멈춰 섰다.

불현듯 곤의 눈동자가 반짝했다. 그는 한껏 격앙되어 희대에게 외쳤다.

"어, 올랐어!"

10년 전. 대지진이 한반도의 몇몇 지역을 쓸고 지나갔다. 그 후, 모든 관공서와 학교에 지진계 설치가 의무화되었다. 하지만 현재 지진계는 낡은 학교 게양대보다도 못한 존재였다.

더 이상의 지진은 없었고, 사람들은 일상에 젖어 과거의 재앙을 잊어 갔다. 형식적으로 매일 지진계를 확인해서 보고해야 하는 관리인들 외엔 지진계를 눈여겨보는 이가 없었다. 학교에선 경비 아저씨가 지진계 관리를 도맡았다.

지진계는 운동장 앞쪽의 국기 게양대 아래에 박혀 있다. 지진계 위로 견고한 유리통이 덧씌워져 있고, 그 유리통은 흙투성이 발자국들로 지저분하다. 아이들이 유리통을 커다란 돌덩이 취급하며 지르밟고 다니기 때문이다.

학교마다 배포되는 지진계는 천편일률적인 구조이다. 땅속 진동이 받침대에 매달린 추에 전달되면 자동적으로 회전 드럼이 돌아가고, 그 회전 드럼의 움직임에 따라 종이에 지진파가 그려진다. 마치 병원의 심장박동 그래프처럼 말이다.

지진계 옆의 자동 계측기에 지진 규모가 실시간으로 새겨진다. 지진 규모는 0부터 12까지. 학교용 지진계는 기존의 '수정 메르칼리' 진도 측정법을 개선해서 만든 자동 계측기로, 0점 아래 두 자리 숫자까지 세세하게 표시한다.

학교 운동장에 설치된 지진계는 도합 세 개다. 동서 방향, 남북 방향, 상하 방향으로 각각의 수치를 측정하기 위해서 용의주도하게 배치되었다.

"뭐가?"

희대가 흐리멍덩히 반문했다.

"어젠 0.85였어. 오늘은 0.87이고."

곤은 진지하게 계수를 읽어 나갔다.

"쳇. 그거나 그거나……. 지진 축에도 못 들잖아."

희대가 옳다.

겨우 0.02 차이.

지구는 매초마다 움직이고 있다. 지구라는 별 자체가 허공에 매달린 공과 같아, 빙 돌던 공이 어쩌다 삐끗해서 균형을 잃고 흔들리는 것도 지극히 자연스럽다. 인간으로선 지진을 막는 게 불가능하다. 우리들은 작고 푸른 공 위에 얹혀 사는 세포에 지나지 않는다.

"그렇담 오늘도 이상무인가?"

곤은 가슴을 활짝 폈다.

지진의 조짐은 없다, 는 사실에 그는 딱 하루만큼의 위안을 받았다.

지진 수치 따위를 신경 쓰는 친구들은 없었다. 하지만 곤은 달랐다. 누가 시키지 않아도 매일, 때론 매시간마다 지진계를 체크했다. 휴대폰에 깐 두 개의 지진 어플은 물론이고, 아파트와 부모님 식당에 부착된 초경량 지진계 하나까지 모조리 말이다.

"근데 왜 12까지야? 15는 채워야 하지 않나? 어중간하게 끊으니까 만들다 만 것 같잖아. 찜찜해."

희대가 숱이 숭숭한 눈썹을 올리며 딴죽을 걸어왔다. 곤이 지진계를 가지고 주절댈 때면 넉살 좋은 그도 심술을 부렸다. 희대에게 지진은 지루한 날씨 얘기나 같았다.

'저 자식 완전 지진 강박증 환자야! 묻혔다가 겨우 살아났으니 저리 된 거겠지만. 운이 암만 좋아도 강박증은 안 고쳐지려나.'

희대는 잘생긴 친구를 가엾이 바라보았다.

"그 이상은 의미 없어. 수치가 12를 넘기도 전에 이 유리통이 날아가고 없을 테니까."

우리도. 아마 학교도 날아가고 없겠지.

곤은 그 말도 덧붙이려다 슬그머니 빼 버렸다.

"우우, 무섭네."

희대는 흐느적거리며 맞장구를 쳤다.

희대와의 영양가 없는 대화가 꽤 도움이 되었다. 어느 틈에 곤의 심장 통증은 말끔히 사라졌다. 100미터 달리기를 막 끝마쳤을 때만 해도 심장이 수천 조각으로 쪼개질 듯 널뛰더니, 시간이 흐르면서 고통은 차차 줄어들다가, 사르륵 녹아내렸다. 소멸해 버렸다. 마치 처음부터 그런 고통 따윈 존재하지도 않았다는 듯이.

심장의 움직임은 지진과 묘하게 닮아 있다. 모든 걸 때려 부술 듯 휘몰아치다가, 거짓말처럼 잠잠해진다. 평소에 심장은 너무 조용하다. 내 가슴에 뭔가 중요한 것이 파묻혀 꿈틀거린단 사실조차 까먹게 만든다.

곤은 지진계에서 눈을 뗐다.

'그래. 이젠 괜찮아.'

지진 걱정을 뇌 밖으로 몰아냈다. 지진은 멀리 떠나갔다. 지금은 심각할 것도, 아파할 것도 없었다.

"이러다 종 치겠다."

곤은 안도의 미소를 머금고서 운동장 한가운데를 횡단하기 시작했다.

* * *

"엄마가 전화하면 재깍재깍 받아 좀."

"예."

"반찬은 집에 도착하자마자 바로 냉장고에 넣어야 해. 날이 더워서 금방 쉬어. 저번에 장아찌도 못 먹고 버렸잖아. 아깝게."

"예."

"차 조심하고."

곤은 묵묵히 자전거의 페달을 밟아 나갔다. 엄마의 마지막 잔소리에 대답하지 않은 건 작은 오기 때문이었다.

발끝에 힘을 쑤욱 넣었다. 끼이이익, 체인이 애절한 신음 소리를 내질렀다. 자전거에 달린 밀짚 바구니는 반찬거리로 가득 차서 포화 상태였다.

부모님의 식당에 들러서 용돈과 반찬거리를 받아 가는 길. 곤은 이때가 가장 즐겁다. 뒷주머니에 새파란 지폐들을 쑤셔 넣고 달리면, 헛헛하던 위장까지 두둑해진다.

곤의 용돈은 풍족한 편이었다. 24시간 음식점을 운영하는 부모님은 외아들 걱정에 용돈을 듬뿍 주셨다. 통 큰 부모님에게 곤도 깍듯이 행동했다. 특히 아버지에겐 아버지라고 꼬박꼬박 높여 불러 드렸다.

"네가 크면 가게를 이어받아야지. 자식은 너 하나뿐이니."

아버지는 이따금씩 되뇌었다.

그러면 곤은 크게 안도하고 우쭐해졌다. 홀로 꿈을 찾아 떠나겠다는 독립심과 포부, 고집? 없다. 세상에서 제대로 호흡하고 살아만 있기도 쉽지 않았다. 그 사실을 일곱 살 때부터 깨달았으니까.

치이잉. 치이잉.

푸른 하늘색 자전거가 내리막길을 신나게 질주해 갔다. 뙤약볕이 곤의 넓은 등판을 후려쳤다. 그 강렬한 햇살에 머리 뚜껑이 뚫리고 뇌수가 질질 녹아내릴 듯했다. 쌩쌩, 곤은 화끈한 열기를 귓바퀴에 털 귀마개마냥 둘러쓴 채로 대로로 직진했다.

마음이 급해졌다. 여름 더위에 지친 머릿속이 빨강, 파랑, 오렌지 등 색색의 편의점 아이스크림으로 채워졌다. 입과 혀가 시원

달달한 걸 원하고 있었다.

'오늘은 초코다.'

곤이 초코 아이스크림을 떠올리면서 대로에 다다랐다.

"어?"

그의 눈매가 씰쭉하게 찢어졌다. 늘 휑하던 교차로가 오늘 따라 사람들로 번잡했다.

끼이이익!

갑자기 앞바퀴가 단말마의 비명을 내지르면서 거칠게 요동쳤다.

"으악!"

당황한 곤이 자전거 앞바퀴를 홱 옆으로 틀었다. 자전거는 비틀대다가 모퉁이의 전봇대를 쿵 들이박으며 정지했다. 돌멩이 부리에 한쪽 바퀴가 튕겼다. 곤이 급브레이크를 잡았다. 간발의 차로 시멘트 도로에 넘어져서 나뒹구는 꼴불견만은 피했다. 적잖이 놀랐다. 등줄기가 식은땀으로 척척히 젖었다.

잠시 후에 정신을 차린 곤이 정면을 응시했다.

"씨……."

혀뿌리에 걸린 욕이 나오다가 쑥 들어가 버렸다. 군중들 사이에서 멍하니 선 한 사람이 보였다.

커다란 덩치의 남자 소년. 바로 경석이였다. 그는 사람들 중간에 버티고 서서 뿔난 소처럼 콧김을 뿜어내고 있었다.

"이히힉!"

경석은 괴상한 신음 소리를 내지르면서 전신을 부르르 떨었다. 실로 엄청난 존재감을 내뿜었다.

곤은 대뜸 난감해졌다. 하필 경석이와 같은 학교에, 같은 반에, 이젠 같은 동네에서까지 마주치다니. 심기가 불편했다. 친구라고 부르기도 애매한 경석과의 관계. 차라리 생판 모르는 편이 나았다.

"경석인 우리랑 같다. 생각하는 게 조금…… 불편할 뿐이다. 아무쪼록 너희들도 반 친구로서 경석이를 도와줘야지."

담임의 잔소리가 똥파리 떼처럼 머리 주변을 맴돌았다.

곤의 열일곱 살 도덕심이 오락가락 갈피를 잡지 못했다. 누군가를 돕는 게 귀찮은 주제에, 도와주지 않으면 욕을 들을까 양심이 슬쩍슬쩍 저렸다.

그 어색함과 불편함. 그 느낌이 징그러운 벌레 같았다. 스스로가 비도덕적이라는 걸 자각하게 되는 그 순간이 너무도 역겨웠다.

곤은 미간을 확 찌푸렸다. 알아서 사라져 주면 좋겠건만. 여전히 두 눈 앞엔 경석이가 서 있었다. 그것뿐이랴. 그의 바지 앞섶이 흥건히 젖었다. 찰박찰박, 그가 발을 동동 구를 때마다 발밑에 고인 누런 물이 튀어 올랐다. 바지에 오줌까지 지린 것이다.

'도와줘, 말아?'

곤은 잠깐 번민했다.

'알 게 뭐람. 빨리 안 가면 반찬이 다 쉬어 버려.'

그는 모르는 척 돌아섰다. 비겁하게 엄마의 잔소리를 방패 삼았다.

그때였다.

경석이가 오른손을 깃발처럼 번쩍 쳐들었다. 그는 만면에 함박웃음을 지었다. 먼저 곤을 알아보고서.

"안녀엉?"

어눌한 경석의 인사말에 사람들의 눈길이 자전거 소년에게로 좌악 쏠렸다.

'헉. 나보고 어쩌라고?'

억울했다. 교실에서 경석과 말 한마디 나눠 본 적이 없었다. 정말 단 한 번도.

경석의 돌발 인사가 묵직한 돌멩이가 되어 곤의 심장을 강타했다. 길가 돌멩이에 치인 건 자전거만은 아니었다.

'저 새끼가 왜 물귀신처럼 날…… 환장하겠네. 안 돼. 그냥 생까자.'

곤의 눈동자에 핏줄이 서고 안면 근육이 움찔거렸다.

한편, 경석의 뒤편에서 가느다란 여자아이의 목소리가 이어 나왔다.

"오빠! 아는 애야?"

하도 키가 작아 군중에 파묻혀 보이지 않았던 것뿐. 그녀는 처음부터 경석의 옆에 있었다. 하물며 경석의 두꺼운 손목을 살짝궁 잡은 채로.

"으응."

경석이가 고개를 끄덕였다. 두꺼비 입술이 웃을랑 말랑 실룩거렸다.

'알긴 뭘 알아? 김경석, 너 나 알아? 내가 뭘 좋아하는지, 뭘 싫어하는지 알아? 개코도 모르잖아!'

곤은 욱했으나 일단 참는다. 사람들 눈이 무서우니까 섣부른 반응은 자제한다.

"오빠 친구 맞아?"

이번엔 여자아이가 곤을 향해 물었다.

'글쎄, 니 오빠 친구 아니라니깐. 난 그냥 이 길을 지나가는 사람이야.'

침묵의 부르짖음과는 반대로 곤은 사람들 눈치를 보며 뜸을 들였다.

"그니까 그게……."

"친구구나. 잘됐다."

여자애는 혼자 결론을 내리고 곤에게 다가갔다.

"그게……."

"이리 와. 경석이 오빠 좀 잡아 줘. 얼른!"

그녀는 손을 홀홀 휘저었다. 우물쭈물하는 곤을 무시하고 다짜고짜 명령했다. 다시 보니 그녀도 곤과 똑같은 교복 차림이었다.

'우리 학교에 저런 애가 있었나?'

"아…… 응."

흠칫하고선 곤은 얼떨결에 자전거를 모퉁이에 세웠다.

그러고선 허둥지둥 경석에게로 달려갔다. 마치 진짜 친한 친구라도 된 듯이. 도망가긴 이미 늦었다. 이쯤 되면 도와주는 시늉이라도 해야 한다. 그가 세븐 보이라는 것을 누가 알아봤을지도 모른다. 여기서 경석을 무시하고 돌아서면 천하의 개자식이 된다!

어느새 행인들이 흩어지며 길을 터 주었다. 본인들이 오줌 지린 장애인을 도와주지 않아도 되니 무척 안심하는 눈치였다. 그들에겐 곤이 구세주인 것이다.

"꾸물대지 마!"

여자애가 고함을 빽 질렀다.

'저게 미쳤나.'

곤은 그녀를 빤히 노려보았다.

기가 찼다. 키는 겨우 155센티미터를 넘을까. 땅콩만 한 키에 싸구려 수세미마냥 거칠거칠한 단발머리를 한 소녀였다. 검은 보름달 같은 눈동자로 쏘아보는 폼이 여간 사나운 게 아니다. 눈썰미가 없는 곤이 슬쩍 보기에도 성깔 있어 보였다.

"여기. 오빠 팔 잡아. 꽉!"

곤이 도착하자마자 여자애가 다그쳤다.

"으응."

그는 머뭇머뭇 경석의 손목을 잡았다. 딱딱한 통뼈가 느껴지는 게 벌레의 등딱지를 만진 기분이었다. 두툼한 손을 팽개치고 싶은 욕구를 곤은 꾹 눌러 앉혔다.

"됐어. 내가 가는 데로 오빠 끌고 오면 돼."

여자아이는 끊임없이 요구했다.

곤은 어줍게 세워 놓은 자전거를 힐끗했다. 자전거를 길에 내팽 개칠 순 없는 노릇. 난감했다.

그러자 눈치 빠른 여자애가 곤의 자전거로 걸어갔다. 그녀는 자 전거를 손수 끌어가기 시작했다.

"우리 집까지 난 이거 끌고, 넌 경석이 오빠 끌고. 아주 공평하 지?"

곤은 대답하는 둥 마는 둥 묵묵히 그녀를 따라 걸었다.

'내가 왜 그래야 하는데? 이 계집애야!'

욕을 한 바가지 퍼부어도 시원치 않을 지경이었다.

그녀는 행진이라도 하듯 씩씩하게 앞장서서 걸어갔다. 스커트 자락 사이로 작달막하게 튀어나온 다리가 말랑말랑한 마론 인형 다리를 연상시켰다.

'땅콩이 뭔 수로 저 덩치를 끌고 가겠어.'

결국 곤은 소심하게 상황을 받아들였다.

현재로선 땅콩의 지시를 따를 수밖에. 행여 경석의 손을 내치고 갔다간 곤의 뒤통수도 뜨끔뜨끔해질 것이다.

누군가 곤의 면상을 떡하니 휴대폰으로 찍어 '장애우를 외면하는 파렴치한 고딩', 혹은 '학생들에게 인성 교육이 절실하다'는 따위의 자극적인 제목을 달고서 각종 SNS 게시판에 올릴지도 모를 일이었다. '세븐 보이'도 모자라 '파렴치한'이라는 새 꼬리표를 다는 건 질색이므로 사람들의 이목을 끄는 것만은 피해야 했다.

경사가 점점 가팔라졌다. 여자애는 오르막길을 쉬지도 않고 잘도 올라갔다. 집으로 가는 길임을 아는지 경석이도 반항하지 않고 발을 털레털레 옮겼다. 오직 곤의 인상만 찌그러진 깡통이 되었다.

"근데…… 넌 누구야? 경석이 이웃사촌?"

숨을 고르다 말고 곤이 슬며시 물었다.

"친동생."

"에?"

곤의 턱이 쭉 빠졌다.

"반말 까지 마. 난 너랑 동갑이고, 오빠가 학교를 좀 늦게 갔을 뿐이니까."

여자애의 입술이 비뚜름해졌다.

"경석이가 한 살 많구나?"

놀란 곤이 저도 모르게 적극적으로 되물었다. 그동안은 경석에게 무관심했다.

"두 살. 중딩 때 2년 꿇었거든. 반에 소문났을 텐데…… 넌 정말 몰랐나 보네."

"몰랐어."

곤은 어벙하게 고개를 끄덕였다.

"좋은 얘기 아니니까 몰라도 돼. 그치, 오빠?"

"어엉."

경석이 조그맣게 응얼거렸다. 그는 배 속에 쇳덩어리를 넣은 곰 인형처럼 축축 처지다가, 여동생이 부르면 그나마 반응이란 걸 했다. 아까 길에서 야생 짐승처럼 굴다가 금방 얌전해지니 신통했다.

'졸라 무거워. 이 새끼 뭘 처먹고 다니는 거야.'

오르막길의 경사가 높아질수록 곤은 말을 잃었다. 자전거를 타고 씽씽 내려올 때완 천지 차이. 내리막길이 오르막길이 되자 지옥 길로 돌변했다. 물론 곤이 경석을 데려다주고 내려올 땐 오르막길이 다시 내리막길이 될 테지만, 당장은 괴로워 숨결이 가닥가닥 끊어질 지경이었다.

설상가상으로 경석의 발걸음도 눈에 띄게 느려졌다. 그는 굼뜬 소가 되었다. 고삐를 바짝 당겨야만 슬금슬금 한 발짝을 떼어 곤의 울화통을 건드렸다.

"어이, 경석이 여동생. 다 와가?"

간절히 묻는 곤의 이마에서 땀이 주르륵 흘렀다. 원래라면 지금 쯤 얼음이 버석버석 낀 아이스크림을 핥고 있을 터였다. 근데 아이스크림을 먹긴커녕, 자신이 들쩍지근하게 녹아내린 아이스크림 덩어리가 되었다.

"나도 이름 있어. 경우."

여자애가 새침하게 되받아쳤다.

"경우?"

'이름도 딱이네. 진짜 경우도 없는 게⋯⋯.'

그때 경우가 어깨 너머로 얼굴을 발딱 돌렸다.

"너! 경우 없는 년이라고 욕했지?"

곤이 뜨끔했다. 화살처럼 날아드는 경우의 시선을 요리조리 피했다.

대화가 끊겼다. 한동안 자전거 바퀴 돌아가는 소리만 지릉지릉 울렸다.

경우가 먼저 정적을 깼다.

"상관없어. 다들 그러니까 뭔 욕을 하든 괜찮아. 내 귀에만 안 들어오면 돼."

반들반들한 이마에서 구슬땀이 맺혔다가 또르르 흘렀다. 꾸물대는 경석이 만큼은 아니라도, 곤의 자전거 역시 그녀에겐 버거운 모양이었다.

끝날 만하면 다시 이어지는 고갯길. 한계에 다다른 곤이 더는 못 하겠다고 외칠 즈음이었다. 비로소 경우가 두 발을 완전히 멈췄다.

"다 왔어."

"어딘데?"

반가움에 곤이 얼굴을 바짝 쳐들었다. 드디어 살아 있는 짐짝을 떼 놓을 기대에 낯빛이 화사해진다.

경석 남매가 사는 곳은 빛바랜 옛날 사진마냥 낡은 동네였다. 오르막길 정상을 에둘러서 낡은 단층 주택들이 게딱지처럼 삐뚤빼뚤 박혀 있다. 아랫동네인 아파트 단지에서만 쭉 살아온 곤에겐 생경한 풍경이었다.

"고마워, 곤. 넌 그만 가도 돼."

경우가 재빨리 곤에게 자전거를 돌려주었다. 화장실 가기 전이랑 갔다 온 후랑 마음이 달라진다더니. 곤은 부아가 치밀었다.

"가! 빨리 가 버리라고!"

그녀는 표독하게 쏘아붙였다. 곤에게 자신의 집을 보여 주기 싫은 기색이 역력했다. 경우는 몹시 서둘렀다. 그가 한숨 돌릴 틈도 주지 않고 내쫓았다.

"가라니까 뭐 해?"

경우는 한술 더 떠서 엉거주춤 자전거에 발을 올리려는 곤의 등을 냅다 떠밀었다.

"어어⋯⋯."

주인과 한꺼번에 떠밀린 자전거가 주르륵 앞으로 미끄러졌다. 황당함에 버럭버럭하려다가 말고 곤이 주춤한다. 경우는 그의 이름을 정확히 불렀다. 그가 가르쳐 준 적이 없는데도.

"야, 내 이름 어떻게 알았어?"

씩씩대는 곤에게 경우는 목만 살짝 돌렸다.

"왜 몰라. 너 유명인이잖아, 세븐 보이!"

그녀는 한껏 빈정거렸다. 묘하게도 그 음성에선 음산한 적대감까지 느껴졌다.

곤은 어깨를 움찔 떨었다. 그의 목소리가 젖은 낙엽처럼 밑바닥으로 착 깔렸다.

"젠장. 유명인은 무슨."

"나도 귀가 있으니까 알거든."

경우는 대수롭지 않다는 듯 오리 주둥이 같은 입술을 삐죽거릴 뿐이었다.

"됐다."

곤은 한숨을 푹 쉬었다.

"웃기셔. 웬 똥 씹은 표정. 아무나 그런 특별한 별명을 가질 순 없는 거니까 힘든 척하지 말고 그냥 즐기셔. 좋잖아, SB?"

경우는 계속 못마땅한 눈초리로 그를 응시했다. 까만 눈동자엔 곤이 철천지원수라도 되는 듯 진한 원망과 아련함까지 스며들었다.

"시끄러. 난 갈란다."

곤은 서둘러 체념하고 돌아섰다. 경우의 도전적인 눈빛과 입술이 잠잠했던 곤의 심장을 꼬집고 헤집었다. 더 이상 저 꼬꼬마 계집애와 상종했다간 위장이 송두리째 까뒤집어질지도 몰랐다. 생전 처음 본 경석이 여동생은 악질 중의 악질이었다.

"잘 가, SB."

"잠깐. 그건 절대 부르지 마."

곤이 눈알을 부라렸다.

"뭐?"

"그 세…… 보이, S…… 어쩌고."

그는 단어를 어눌하게 흘렸다. 도저히 제 입으로 세븐을 말하지 못해서.

"왜?"

"그냥. 미치겠으니까!"

곤이 양 입술을 일자로 붙이고서 으르렁거렸다.

경우의 눈동자가 동그랗게 커졌다.

"남들은 갖고 싶어도 가질 수 없는 이름인데 왜 싫어?"

'그래서 싫다는 거야. 진짜 싫은데, 대체 어떻게 그 질긴 꼬리표를 떼야 하는지 방법조차 모르겠으니까.'

곤은 그녀를 향해 고래고래 고함치고 싶은 걸 참았다.

"넌 진짜 행운아고, 난 재수가 없어. 니 운을 나한테 반만 줘 봐, 그럼 SB라고 안 부를게."

경우는 농담인 듯 아닌 듯 종알거렸다.

"경고했다. 한 번만 더 그 별명 입에 올려 봐. 다음엔 진짜 가만 안 둔다!"

곤은 경우를 싸하게 쏘아보았다. 그 즉시 자전거 페달을 거칠게 밟아서 가파른 길을 내려가기 시작했다.

경우는 멀어지는 소년의 등짝을 한참 동안이나 바라보았다.

"뭐야. 보기보다 대빵 까칠하잖아. 넌 다르다 이건가. 흥, 칫, 뿡이다."

불현듯 그녀는 발악하며 두 주먹을 허공에 흔들어 댔다. 열이 바짝 올랐다.

"하지 마라면 더 하고 싶다고. 동네방네 실컷 불러 주마. 세븐, 세븐, 세븐!"

너의 전화번호

"왜 풀이 죽었어? 아침 텐트를 못 쳤구나. 우리가 아무리 피 끓
는 나이라 해도 피곤하면 몸도 맛이 가요. 그러지 말고 공부를 좀
줄여. 발딱발딱 잘만 일어날 거다, 곤."

"변태 새끼, 니 뇌 속엔 오로지 그거밖에 없냐?"

"응."

희대가 벙싯 웃었다.

곤은 고개를 절레절레 저었다. 입씨름에선 희대를 이길 재간이
없었다.

"근데 말이야."

별안간 희대가 모가지를 팍 수그렸다. 비밀스러운 작당 모의를

나눌 기세였다. 그가 큰 머리통을 기대 오면 곤은 한숨부터 나왔다. 희대가 모의하는 일이래 봐야, 주로 부모님에게서 용돈을 뜯어내려는 사기 계획이나 흘러넘치는 성호르몬을 달래려는 초라한 시도이기 때문이다.

"그…… 사진 공모전 말이야. 나도 너랑 같이 참가할게. 요즘 무지 심심하걸랑."

희대가 혀로 윗입술을 할짝할짝 핥았다.

"엑?"

곤이 풀쩍 뛰었다.

희대가 사진을? 마른하늘에 별똥별 떨어지는 소리. 하다못해 휴대폰 사진첩에 가족사진이나 음식 사진 한 장 없이 '파일 수 0'을 기록하는 녀석이 희대였다. 사진이라곤 웹상에 떠도는 미소녀 이미지들 캡처하는 데만 열을 올렸다.

"설마 여자 사진 찍으려고 그러는 거야? 아서라. 공모전 출품 사진은 모두 전체 관람가라고."

곤이 게슴츠레 뜬 눈으로 친구를 떠보았다.

"알아. 나도 간만에 예술 좀 해 보려고……."

희대가 빙충맞게 웃었다.

"실은 내가 관심 있는 건 사진 나부랭이가 아냐. 저거지."

곤이 의심을 풀지 않자, 희대가 금세 실토하며 창밖을 가리켰다.

"뭐?"

즉시 곤이 열린 창문으로 고개를 내밀었다.

"쟤."

희대의 손가락이 허공의 한 지점을 콕 찍었다.

운동장 스탠드 앞줄에 여학생들이 여럿 있었다. 굳이 한 줄에 쪼르르 붙어 앉아서 지지배배 하는 모습이 영락없는 참새들이었다. 여자애들을 차례대로 훑어 가던 곤의 동공이 별안간 흔들렸다. 맨 끝자리에 경우가 있었다.

"너…… 미쳤어?"

황망감에 곤의 음성이 여러 갈래로 쪼개졌다.

"음?"

"여자가 없어서 하필 경석이 동생한테 꽂혔냐고? 이 등신아!"

"뭔 헛소리. 경석이 동생이 여기서 왜 나와?"

눈알을 데굴데굴 돌리던 희대가 펄쩍펄쩍 뛰었다.

"그 경우 없는 계집애 말이야."

곤은 침을 엄청 튀겼다. 경우 이름만 말해도 분통이 폭죽처럼 터져 나왔다.

"어딜 봐? 그쪽 아니라 이쪽이지."

그제야 희대가 두 손으로 곤의 머리통을 잡고서 제꺼덕 돌렸다.

"니 눈깔은 엉덩이에 달렸냐. 저기 저 앨 보란 말야. 문해주."

"해주? 음…….''

비로소 곤의 눈에 초점이 맞았다.

희대가 가리킨 여학생은 경우가 아니었다. 머리부터 발끝까지 차원이 다른 미소녀였다.

해주는 참새 줄의 정중앙에 앉았다. 이목구비가 그린 듯 또렷한 여학생. 비슷비슷한 생김새의 여학생들 중에서도 단연 눈에 띄었다. 가녀린 어깨를 살포시 넘어가는 긴 단발머리와 백옥 같은 피부가 압권. 작은 달걀형 얼굴도 초강초강했다. 대단한 미인은 아닐지라도 오묘한 분위기가 쏠쏠히 풍겼다. 아이도 어른도 아닌 딱 열일곱 살의 여자애가 가질 만한 청순하면서도 비밀스러운 마력이랄까.

"죽여주지?"

희대는 해주를 오매불망 바라보았다.

"나쁘진 않네."

본래 곤은 표현에 인색했다. '나쁘지 않다'라는 말은 칭찬에 가까웠다. 고로 그가 나쁘지 않다면 좋은 거라는 얘기.

갸르릉. 희대가 목구멍으로 가래 덩어리 굴리는 소리를 냈다.

"승윤이 알지? 그 자식이 하도 해주 노래를 불러서 구경 갔었지. 얼마나 끝내주는 계집앤가 싶어서 호기심에. 근데 말이야. 해주를 보자마자 뭔가 빵 하고 터지면서 여기가 뜨뜻해졌어. 그러니까 잠결에 물 먹으려다 뜨거운 주전자 입구에 입천장이 홀랑 덴 느낌 같은. 있잖아. 내 말…… 이해돼?"

희대는 털이 숭숭 올라온 손으로 통통한 제 가슴팍을 부여잡았다. 그 바람에 교복 와이셔츠가 와락 구겨졌다.

'요 새끼 봐라?'

곤은 곁눈질로 친구를 흥미롭게 관찰한다. 희대의 콧구멍이 넓어졌고, 눈에도 물기가 촉촉하게 고였다.

희대가 저렇게 간지러운 표정을 지을 수 있다니!

충격적이었다. 개그맨 희대가 별안간 로맨틱해졌다. 해주가 잔잔한 호수에 작은 돌멩이를 퐁당 던졌음은 확실하다. 황무지였던 희대의 가슴에 파문이 일면서 그는 요상한 에너지를 퐁퐁 내뿜고 있었다. 그가 우악스럽게 움켜쥐어 부챗살처럼 구겨진 셔츠 주름에서까지 에로틱한 기운이 퍼져 나왔다.

"그래서 이 형님이 결심했지."

타닥. 흥분한 희대는 창문틀에 큰 얼굴을 갖다 댔다.

"뭘?"

"해주 내 꺼다. 벌써 신상 파악 끝냈어. 집 주소부터 취미까지 해주에 대한 거라면 모두 알고 있지."

두 눈동자가 거만하게 번들거렸다. 진실한 사랑을 찾아낸 스스로가 대견해서 어쩔 줄 모르는 표정이었다.

"쇠고랑 차고 싶냐. 스토커 짓 하다간 소년원에서 썩는다."

곤이 진심으로 충고했다.

"누굴 보고 스토커래?"

"너 같은 놈이 스토커지! 웬만하면 관둬라. 소년원 가면 니가 환장하는 그 짓도 못해. 여러 명이서 한방 쓰잖아. 그리고 쟤가 왜 너랑 사귀 주겠냐? 눈이 삐었냐. 저런 타입은 사람 가려 가며 사귀."

곤이 심드렁히 희대를 타박한 후, 창문에 턱을 괴었다. 본격적으로 해주를 살펴보았다.

해주는 쭉 빠진 다리를 고고한 학처럼 모으고 앉았다. 저 다리로 그녀가 걸어오기만 해도 코밑에 수염이 숭숭한 남자애들이 침을 흘릴 터였다.

"뭐 꼭 해주랑 사귀는 게 내 목표는 아냐. 난 순수하거든."

"순수?"

"응. 남친까지 바라는 건 아니고, 해주가 내 첫사랑이니까 작은 추억이라도 남기고 싶다 이거지."

"뭔 놈의 추억?"

"그러니까 그냥 한 번이라도…… 해주랑 요렇게 입술을 쪼오옥! 내 소원은 그것뿐이라니까, 진심!"

희대는 두 팔을 뻗고서 공기를 얼싸안는 시늉을 했다. 곤의 팔등에 오싹 소름이 끼쳤다.

"해주랑 뽀뽀하는 게 목표라고? 어떻게?"

"방법이야 찾아보면 많지. 다 함께 모여서 벌칙 게임을 한다든가. 일단은 친해져야겠지만."

"벌칙 게임이라니. 나 참!"

참담함에 곤이 머리통을 감쌌다. 참 희대다운 비겁한 목표다. 그도 현실을 알고서 목표를 하향 조정한 것이었다.

"해주가 사진반이래. 그래서 니가 조금만 도와주면……."

희대는 흥분해서 주절거렸다. 그가 사진 공모전에 나가려는 이유는 결국 해주에게 환심을 사려는 속셈 때문이었다.

때마침 여학생들이 동시다발로 복부를 잡으며 깔깔거렸다. 해주의 얼굴도 복사꽃처럼 맑게 피었다. 이내 곤의 시선은 해주를 떠나 끝줄로 휘리릭 옮겨 갔다. 유독 누리끼리한 소녀의 얼굴로.

'얼레, 저 계집앤 왜 안 웃는 거람?'

괜스레 성질이 불뚝 났다. 처음 본 곤을 바락바락 시켜 먹던 에너지는 어디로 간 건지. 경우는 여자애들 틈에서 물에 뜬 기름 한 방울마냥 동동 떠 있었다. 그런 그녀의 모습이 거슬렸다.

경우는 시종일관 무표정했다. 애들이 깔깔거리는 동안에도 새끼손가락으로 후비적후비적 귓구멍을 팠다. 이따금씩 멍하니 하늘만 올려다보았다.

'뭘 보는 거람?'

곤도 턱을 조금 쳐들었다. 경우의 관심사가 궁금해졌다. 언제나 그렇듯 유유한 푸른 하늘 뿐. 특별히 눈길을 끄는 건 없었다. 그래서 다시 고개를 내려 경우를 보려는 찰나였다. 곤은 제풀에 놀라서 엉덩이를 들썩거렸다.

경우가 그를 쳐다보고 있었다. 곤은 경직된 채 동공만 커졌다. 이미 서로 눈이 마주쳐 창가에서 냉큼 달아나기도 늦어 버렸다.

'어쩌라고, 계집애야. 내가 너 좋아 쳐다본 줄 아냐. 난 해주를 본 거야, 해주!'

그는 눈에 바짝 힘을 주었다. 눈가 근육에 파르르 경련이 일었다.

경우의 표정이 슬며시 바뀌었다. 따분함에서 흥미로움으로. 그녀는 곤에게 인사하듯 아랫입술을 살짝 깨물었다. 입가에 비밀스러운 미소가 떠올랐다. 뒷골목을 정처 없이 떠돌아다니다 잠시 몸을 비빌 골판지를 발견한 고양이 같은.

"흠흠."

절로 헛기침이 나왔다. 이리 오래 누군가와 시선을 맞춘 적이 있던가. 경우와 얽힌 시선을 떼고 싶어도 불가항력이었다.

불현듯 경우가 벌떡 일어섰다. 그녀는 옆 친구에게 귓속말을 하더니, 곧이어 스탠드를 이탈했다.

홀린 듯 계속 그녀를 지켜보던 곤은 새로운 사실을 눈치챘다. 여자애들은 너 나 할 것 없이 치맛단을 줄였는데, 그중에서도 경우의 치맛단이 가장 짧다는 걸. 몸을 억지로 손바닥만 한 치마에 욱여넣은 바람에 그 튼실한 허벅지가 양껏 도드라졌다.

"치마가 저게 뭐야. 난쟁이 짧다리 주제에."

그는 뚱하게 내뱉고는 창가에서 돌아섰다. 화가 나는 이유도 모르고서.

"내 말 들었냐?"

곁에서 희대가 불만의 눈빛을 쏘았다. 해주를 향한 사랑을 친구로서 응원해 주길 고대했건만. 곤이 맨송맨송 딴짓만 하여 희대도 뿔이 났다.

"솔직히 인정해라. 안젤리 졸리 꼴리게 생겼지, 해주?"

희대가 포기하지 않고 곤을 종용했다. 협박투였다. 곤의 응원을 얻어 내야만 직성이 풀릴 터였다.

"그래. 잘해 봐."

마침내 곤은 그가 듣고 싶은 말을 해 주었다.

정신이 산만했다. 지금은 해주가 아니라 글래머 아이돌이 벗고 얼쩡대도 집중할 수 없을 거다. 이게 전부 싸가지를 밥에 말아 먹은 경석의 싸가지 여동생 탓이었다.

"해주는 성격도 털털하대. 역시 여신은 달라."

다시금 희대가 해주 얘기에 열을 올리려는 찰나였다.

"곤!"

앙칼진 음성이 날아들었다.

경우였다. 그녀가 교실 뒷문에 서선 두 손을 나팔처럼 입술에 붙이고서 곤의 이름을 불러 댔다. 동네 똥개마냥.

"얼씨구? 해주 친구잖아. 너 쟤 아냐?"

희대가 먼저 놀랐다. 해주 옆, 옆, 옆에 앉았던 경우의 얼굴을 용케도 기억했다.

"알긴 뭘 알아. 분명히 경……."

경석일 보러 왔다가 아는 척을 하는 거야, 라고 받아치려 했건만.

하필 경석이는 천사 반에 있을 시간이었다.

'잠깐. 쟤가 경석일 보러 온 적이 있나?'

아무리 해도 기억이 나질 않는다.

"나 원, 저게 왜 갑자기 와설랑!"

하는 수 없이 곤이 부리나케 뒷문으로 뛰어갔다.

"여자다!"

남자애들은 흘깃흘깃 경우를 살폈다. 남학생 교실에 여학생이 들르는 경우는 매우 드물기에. 하지만 그들은 금방 실망하고 번개처럼 고개를 돌렸다.

경우는 작고, 외모가 범상치 않다. 어중간한 단발 머리카락들은 가닥가닥 잘려진 전기선마냥 밖으로 뻗쳤다. 교복 치마를 땅딸한 감자알 같은 허벅지에 쫙 달라붙게 입은 모양도 우스웠다. 이리로 보나, 저리로 보나. 경우는 남학생들의 동공을 반짝이게 하는 이상형이 못 된다. 도리어 한참 모자라 거부감을 일으키는 비호감 소녀다.

"왜?"

곤이 험상궂게 인상을 썼다. 경우가 자신의 일상으로 이렇게 불도저처럼 밀고 들어올 줄이야.

"전화번호."

경우는 뜬금없이 요구했다.

"뭐?"

"니 전화번호."

"아 씨, 내 전화번호는 왜?"

"비지니스."

경우는 단답형으로 뇌까리고선 그를 빤히 쳐다보았다. 눈에 강력 본드라도 붙였는지. 그 까만 속눈썹 한 번 깜빡이지 않았다.

"여자애가 곤이 번호 따러 왔단다. 인기 캡!"

뒷문에 앉은 영소가 두 손으로 나팔을 만들며 외쳤다. 귀를 쫑긋해서 둘의 대화를 주워들은 게다.

"레알?"

쿠당당탕. 놀란 희대가 책상을 밀치면서 달려오기 시작했다. 그렇잖아도 그는 곤과 경우의 대화가 궁금해 미칠 지경이었다.

"456582××."

절로 입에서 번호가 줄줄이 튀어나왔다. 급했다.

"456582××?"

경우는 조그맣게 따라 했다. 눈동자를 굴리면서 재빨리 숫자들을 해마에 저장했다.

"됐지? 얼른 가."

곤은 그녀를 쫓아내느라 여념이 없었다.

"오케이. 오늘 밤에 전화할게."

마지막으로 경우가 빙긋, 웃고서 돌아섰다.

매우 짧은 찰나였지만, 까만 눈망울 위로 한 줄기 빛이 싸하게 지나갔다. 두 볼에도 여자애다운 수줍음이 살짝이나마 엿보였다. 경우가 난데없이 밤에 전화를 하겠다는 이유가 뭐란 말인가.

"가라고 좀!"

그렇지만 그 이유를 물을 여유가 없었다. 곤은 안간힘을 쓰며 경우를 몰아냈다.

"해주 친구랑 아는 사이였어? 진작 말하지."

간발의 차로 늦게 온 희대가 입맛을 쩝쩝 다셨다. 경우를 해주와 이어질 연결 고리쯤으로 여긴 거다.

"오다가다 본 애야. 잘 알지도 못할 뿐더러 알고 싶지도 않아. 제발 신경 꺼라."

곤이 질색했다.

불행 중 다행이었다. 경우가 경석이 여동생이라는 걸 아는 사람은 없는 듯했다. 누군가 경석이 여동생이 왔다고 소리치는 순간, 곤 역시 웃음거리로 추락할 게 자명했다. 덜떨어진 경석이의 여동생과 한 줄의 굴비로 엮여 봐야 손해다.

"해주 친구 맞구먼. 쟤 이름이 뭐냐?"

희대가 목을 복도 쪽으로 엿가락처럼 늘였다.

"경우."

"경우?"

"글쎄, 아무것도 아니라니깐. 다음 시간 과학이지. 수행 숙제는

했나?"

곤이 아무렇지 않게 화제를 돌려 보지만 먹혀들지 않았다. 희대가 눈동자를 데굴데굴 굴리며 물었다.

"쟤 번호 알아? 알지?"

"몰라."

거짓말이 아니었다. 경우는 곤의 전화번호를 알아도, 곤은 그녀가 전화를 걸어 올 때까진 알 수 없으니까. 경우의 전화번호는 궁금하지도 달갑지도 않았다. 오히려 그 번호를 알게 되면 경우가 던진 덫에 갇혀서 옴짝달싹하지 못하게 될 지도 몰랐다.

'고 계집애, 또 무슨 시비를 걸려고 나한테 전화를 해?'

곤은 뒤늦게 불안해졌다.

* * *

밤에 전화한다던 경우는 깜깜 무소식이었다. 다음 날도 무소식. 학교에서도 마주치지 않았다. 실시간 지진 수치를 확인하려고 휴대폰을 들었다가 곤은 괜스레 전화 기록을 뒤적였다. 놓친 전화나 문자는 없었다. 그러고도 시간이 한참 지나갔다. 곤추섰던 곤의 긴장감도 스리슬쩍 느슨해졌다.

그날 저녁.

'뭘 물어보려다 말았겠지. 신경 *끄자*.'

곤은 경우에 대한 생각을 물리치고서 홀로 저녁상을 차렸다.

투컹. 그는 능숙히 전기밥통을 열었다. 묵힌 냄새가 풍기는 흰밥을 사발에 푸고, 냉장고 속 반찬들을 밀폐 용기째로 식탁에 올렸다. 그걸로 조촐한 식사 준비는 끝.

어릴 적부터 부모님이 식당을 운영해 온 터라 그는 혼자 먹는 밥에 익숙했다. 간혹 냉동실에 즐비한 소시지나 햄을 꺼내 굽거나, 달걀 프라이를 해 먹기도 했다. 곤은 밥알을 우물거리면서 TV 채널을 이리저리 돌렸다. 마침 과학 다큐멘터리 프로그램이 방영되는 중이었다.

"어?"

프로그램 제목을 보고서 그는 슬그머니 리모컨을 내려놓았다. 제목은 '심장이 뛴다'였다.

남자 아나운서는 거대한 심장 사진 앞에 서서 또랑또랑하게 설명을 이어 나갔다.

"심장은 잘 세팅된 프로그램입니다. 일정 횟수를 뛰고 나면 심장이 멈추도록 자동화되어 있죠. 멈춘다는 건 당연히 생물들의 죽음을 뜻합니다. 휴식 상태에서 인간의 심장이 보통 1분에 60~70회를 뛴다고 가정하면 하루 평균 대략 8만 회, 70세를 기준으로 평생 동안 22억 회를 뛰게 되는 것이죠. 이것은 인간뿐 아니라 모든 포유류도 해당됩니다. 코끼리처럼 큰 동물부터 쥐처럼 몸집이 작은 동물까지 모두 22억 회를 뛰죠. 동물마다 수명이 달라서 쥐는 3년, 코끼리는 70년을 삽니다만. 수명이 짧은 동물일수록 그만큼 심장박동 수가 빠르다는 의미기도 합니다."

"심장이 22억 번이나 뛴다고?"
곤이 숟가락을 재깍 놓고, 제 가슴 위에 손을 얹었다.
산다는 건, 평생 할당된 심장박동 수가 매일 조금씩 줄어드는 거라니. 아이러니했다.
'나 남보다 빨리 죽으려나. 거 봐, 지진에서 살아났다고 마냥 좋아할 게 아니라고.'
슬쩍 우려감이 치솟았다. 평소에도 자신의 심장이 과하게 뛴다는 느낌이 들었기 때문이다. 구사일생한 대가를 치르는 것일까. 일반 사람들의 심장이 하루 평균 8만 번을 뛸 때, 그의 심장은 10만 번 뛰는 건 아닐지.
곤의 손이 파들파들 떨렸다. 자신의 하루치 심장박동 수를 재 보고 싶어 안달 났다.
그 와중에 드디어 올 것이 오고야 말았다.
띠로롱.
식탁 위 휴대폰이 울렸을 때, 곤은 하마터면 입안의 밥을 뿜어낼 뻔했다. 휴대폰 액정에 뜬 건 처음 보는 전화번호였다.
'그 악바리 계집애?'
불길함에 솜털이 곤두섰다. 동시에 식욕이 공기 중으로 증발했다.

아니나 다를까. 버튼을 누르자마자 앙큼한 경우의 목소리가 튀어나왔다.

"안녕, SB?"

"야! 그렇게 부르지 말랬지! 죽을래?"

곤은 이마에 핏대를 세우고 소리를 질렀다. 밥알이 사방으로 튀어나와 굵은 눈발처럼 흩날렸다.

"깜박했어. 근데 너 지금 집이지?"

경우는 능청스러웠다. 곤이 그 별명을 혐오한다는 사실을 깜박한 건지, 아니면 깜박한 시늉을 한 건지 헷갈렸다.

"왜?"

곤은 퉁명스럽게 억양을 올렸다. 경우는 일방적으로 제 할 말만 던졌다.

"지금 둥지공원으로 튀어와. 난 벌써 도착했어."

"둥지공원?"

둥지공원은 아파트 단지 아래에 위치한 작은 공원이다. 그 공원이 아파트와 주택촌의 중간 지점에 있어, 이 동네 주민들이라면 누구든 편하게 드나드는 장소다.

"쳇, 보자 보자 하니까, 니가 뭔데 나한테 자꾸 이래라 저래라 명령질이야. 대체 내가 왜 니 말을 들어야 하냐?"

곤이 최대한 딱딱하게 맞받아쳤다.

"무조건 기다린다. 올 때까지."

뚝.

경우가 전화를 끊었다. 그녀는 무작정 자기 마음대로였다.

'얌체 계집애. 한 번은 당해도 두 번은 못 당하지, 제길.'

부아가 치민 곤이 얼른 통화 버튼을 다시 눌렀다.

그런데 연결음만 주구장창 나왔다. 경우가 도통 받지를 않았다. 일부러 받지 않는 게 분명했다.

"이게 정말, 으아아악!"

곤은 악에 받쳐 쏠려 내려온 앞머리를 쥐어뜯기 시작했다.

불쾌하고 당황스러웠다. 곤의 일상은 나름대로 평온하게 흘러가고 있었다. 그런데 불현듯 요상한 여자애가 나타났다. 그녀는 곤을 가만 내버려두질 않았다. 아예 그를 플라스크에 넣어 현미경 아래 밀어 놓고서 날카로운 이쑤시개로 마구 들쑤시는 느낌이었다.

"여자라고 봐줬더니 니가 사람 잘못 건드렸어. 가만 안 둔다!"

드디어 곤은 현관을 박차고 나갔다. 목줄 풀린 성난 개마냥.

* * *

저녁 일곱 시가 얼추 넘은 시각. 여름 해가 고무줄마냥 길어져서 아직 하늘이 희멀끔했다.

"헉헉."

전력 질주를 해 곤은 순식간에 둥지공원에 도착했다. 경우는 공원에서도 가장 구석진 벤치에 앉아 있었다. 매일 지나치는 공원 안에 이리 으슥한 장소가 있었나. 곤은 경우에게 씩씩대며 걸어가면서도 새삼 주변을 둘러보았다.

나무 벤치에 앉은 그녀는 짧은 두 다리를 동당거리고 있었다. 꼭 엄마를 기다리는 동네 꼬마 여자애마냥 좁다란 어깨를 축 늘어뜨렸다. 다소 애처롭게 보이는 경우의 모습에 곤은 더욱 열이 났다.

"너!"

곤이 콧김을 팡팡 내뿜었다.

경우가 수그린 고개를 들었다. 그녀는 여태 교복을 입은 채였다. 경우는 벤치의 빈자리를 툭툭 쳤다. 옆에 다가와 앉으라는 뜻.

그는 경우의 맞은편에 서서, 삐딱하게 그녀를 째려보았다. 더는 경우의 말을 따르고 싶지 않았다. 그녀가 서라면 앉고, 앉으라면 설 작정이었다.

"경석이 동생. 이게 처음이자 마지막이야. 다신 나한테 전화하지 마. 불러도 안 나올 테……."

"미안. 부탁할 게 있어서 그래."

곤이 준비해 둔 말을 다다다 쏘아 대는 와중에, 경우가 그의 말 허리를 댕강 끊으면서 끼어들었다.

"뭘 부탁?"

곤이 눈꺼풀을 몇 차례 끔벅였다. 부탁이란 말이 곤의 뒷덜미를 후려잡았다. 괘씸한 그녀에게 경고만 늘어놓고 돌아서려고 했더니 경우가 또 틈을 비집고 들어왔다.

경우가 조금 주저하다가 말했다.

"저기. 우리 오빠 말이야. 니가 일주일에 한 번씩만 와서 목욕 봉사 해 주면 안 될까? 아빠가 지방에 출장을 가셔서 집에 오빠를 씻겨 줄 사람이 없어서 그래. 아, 일주일에 한 번이라도 좋으니까 우리 집에 와 줘. 때 빼고 광내 달란 게 아냐. 머리 감기고 간단하게 씻겨만 주면 돼."

"너희 엄마 있잖아. 왜 나보고?"

잠시 뜸을 들이다가 경우가 야무지게 말했다.

"엄마는 같이 안 살아. 옛날에 돈 벌러 외국에 가셨어. 아주 멀리."

곤은 어안이 벙벙했다. 황당무계했다. 전혀 예상치 못한 종류의 부탁이라서.

'내가 경석일 씻겨 줘?'

땀방울을 삐질삐질 흘리면서 경석이의 벗은 몸을 씻기는 자신을 떠올리다 말고 그는 고개를 절레절레 저었다. 비주얼 쇼크! 상상만 해도 호러였다.

"내가 그딴 걸 어떻게 해. 사, 사회복지 센터 있잖아!"

당혹감에 곤이 말을 더듬었다.

"벌써 그리해 봤지. 특수 샘은 여자 샘이라 부탁을 못 하겠고. 복지과에 신청하니까 한참 기다려야 한대. 노인들이 먼저라고. 여름이라 머리만 감길 순 없는데, 그렇다고 내가 직접 씻겨 줄 순 없잖

아. 딱 한 달이면 돼. 한 달 뒤엔 아빠가 돌아오시니까. 더 일찍 오실 수도 있고 말이야."

속사포로 사정을 말하면서 경우는 연신 아랫입술과 윗입술을 비틀어 댔다. 그녀는 내리쬐는 곤의 시선을 요령껏 피했다. 대차게 불러낼 때는 언제고 조금은 창피하고 긴장한 낯빛이었다.

'주위에 도와줄 친척 하나 없는 건가?'

난감해진 곤은 경우를 요모조모 뜯어보았다. 듣고 보니 사정이 이해되지 않은 건 아니었다. 더불어 경석이가 냄새난다며 놀리던 반 친구들도 떠올랐다.

곤도 그들과 별반 다르지 않았다. 경석이가 지나가면 그와 닿지 않기 위해서 빙 둘러서 돌아가곤 했다. 그때마다 습관적으로 '저 새끼는 좀 안 씻고 다니나' 하는 뭐 이런 욕 비슷한 말들을, 아니, 욕했다. 경석이 몸에서 집 없이 거리를 떠도는 똥개 냄새가 난다는 건 전교생이 다 알고 있었다.

그는 숨을 다잡은 후에 침착하게 되물었다.

"왜 나야? 하고 많은 애들 중에 왜 나한테 부탁하는 거냐고?"

"넌 심심해 보이니까."

"뭐라고?"

"넌 다른 애들보단 재수도 좋고, 삶의 여유가 있잖아. 그니까 운이라곤 손톱만치도 없는 나한테 니 운을 나눠 준다 생각하고 해……."

경우가 말한 그 이유가 그를 빡돌게 만들었다. 볼 때마다 그녀는 사채꾼처럼 들러붙어 그에게 운을 나눠 달라 억지를 부렸다.

"헐. 내가 심심한지 바쁜지 니가 봤어?"

곤은 발광했다. 이 계집애가 자신을 정말 만만하게 봤구나 싶어서 견딜 수 없었다.

경우가 두 눈을 부릅떴다.

"해 줘. 공짜는 아냐."

"헛, 갈수록! 지금 나한테 돈을 주겠다는 거냐. 학생이 학생한테? 나 줄 돈 있음 경석이 전용 목욕사를 고용하지 그래."

대답이 자꾸 비뚜름하게 나갔다. 밀리면 안 된다. 당장이라도 발을 헛디뎌 50미터 아래로 추락하려는 듯 솜털이 쭈뼛 섰다. 곤의 신경은 롤러코스트를 타고 레일을 오르다 막 정상 꼭대기에 다다른 참이었다. 아주 불길함 예감이 밀려들고 있었다. 어쩌면 요대로 경우의 부탁을 들어주고 말 것 같은.

아직 어른은 아니야

"껌값 정도지만. 단기 아르바이트 겸 봉사로 생각하고 해 준다면 정말 좋겠어."

곤의 거센 거부는 미리 예상한 바라 경우는 좀처럼 물러서지 않았다. 홍당무로 변한 뺨을 치켜들고서 강짜를 부렸다. 처음부터 웬만한 각오로 그를 불러낸 건 아니었다.

"일없어. 내 용돈 충분해. 목욕 봉사라면 어디 봉사 정신이 투철한 다른 애를 찾아봐! 너희 반 애라든가."

"난 여자 반이잖아."

순간 곤의 말문이 턱 막혔다. 1반부터 5반까지가 남학생 교실, 6반부터 9반까지는 여학생 교실이다.

"몰라. 그건 니 사정이지!"

팩 쏘아붙인 직후에 곤이 옆구리를 틀었다.

그때였다.

경우가 곤의 티셔츠를 콰악 잡아챘다. 질질 늘어나는 티셔츠 밑단에 놀라서 곤이 덜컥 돌아섰다. 졸지에 두 사람은 정면으로 마주 보고 섰다.

"제발. 부탁해. 선불 줄게."

경우는 곤에게 또박또박 내뱉었다. 그의 티셔츠를 틀어쥐고서 놓아주지 않은 채로.

그러고선 입술을 잘근잘근 깨물었다. 곤을 영입하기 위한 마지막 한 수를 준비하는 낌새였다. 아무래도 그 한 수가 뭐든 간에 대단한 마음가짐이 필요한 듯.

"못 한다고! 니가 날 핫바지로 봤나 본데 나도 길 씨 집안 장손이거든. 매일 내 몸 하나 씻고 공부하기도 바쁜데…… 흐으읍!"

발악하던 곤의 입술이 제꺼덕 틀어막혔다. 그것도 다른 사람의 입술로, 경우의 입술로.

소스라친 곤은 호흡을 멈췄다. 자신의 입술 위로 찰떡처럼 붙은 부드러운 입술이 느껴졌다. 머릿속을 뱅글뱅글 채우는 건, 온통 입술들! 곤은 입술 하나로만 이루어진 단세포 생물이 된 듯했다.

'내가 경석이 동생이랑 키…… 으아악!'

정신과 육체가 분리될 지경. 온몸의 신경들이 꼬리를 치면서 신나게 입술로 몰려가기 시작했다. 퇴각하라! 제자리에서 임무를 다 해라! 하고 외쳐도. 백만 대군의 세포들은 이미 어린 주인의 통제를 벗어났다. 전신을 휘감는 감각의 물결에 휩쓸려 갔다.

곤은 기절초풍했다. 경우의 입술이 생각보다 촉촉하고 보들보들했다. 이에 그는 반쯤 벌어진 입술을 꽉 다물었다. 잘못하다간 대형 사고가 일어날 참이었다. 입술이 자물쇠 끊어진 문처럼 헬렐레 벌어지려 했다.

곤은 감지 않은 눈꺼풀 틈새로 눈동자를 스르르 아래로 이동했다. 카메라 렌즈를 줌인 한 듯 경우의 얼굴이 보름달처럼 커다랗게 들어왔다. 그는 다시 흠칫 소스라쳤다. 서로의 얼굴이 너무 가까웠다.

경우는 두 눈을 꼬옥 감고 있었다. 벤치 앞에 선 채로 까치발을 들고서. 키가 큰 곤의 입술에 닿기 위해서 단신의 몸을 최대치로 늘인 것이다. 그런 소녀의 모습이 처량하달까. 과도하게 필사적이랄까.

바로 다음 순간, 그녀는 팍하고 떨어져 나갔다. 두 손으로 힘껏 곤의 가슴팍을 밀쳐 냈다.

"어어."

곤은 세 발짝 밀려 나갔다. 황당함과 더불어 아쉬움이 폐부를 깊게 찔렀다. 따뜻한 생물이 떨어져 나가면서 차가운 공기가 그의 입술을 황망하게 쓸었다. 짝을 잃은 입술은 금방 외로워졌다.

"무, 무슨 짓을……."

곤은 어색하게 입을 열었다. 반사적으로 손을 들어 입술을 훔치려다가 어정쩡하게 손을 내렸다. 경우는 그를 빤하게 쳐다보고 있었다.

곤의 시선이 그녀의 시린 눈빛을, 붉어진 입술을, 떨리는 속눈썹을 차례로 더듬어 나갔다. 울 것 같은 그녀의 표정이 곤을 더욱 황당케 했다.

'먼저 저질러 놓고 울려고? 뭐 낀 놈이 성낸다더니 이건 아니잖아.'

갑자기 경우는 아린 표정을 쏙 감추었다. 아예 곤의 말을 싹둑싹둑 잘라먹었다.

"이건 선불. 요게 하루치야. 잘 받아먹었지?"

"너…… 설마 나 좋아하냐?"

패닉에 빠진 곤은 방향을 돌려 물을 수밖에 없었다. 간혹 좋아하면 당돌하게 구는 애들이 있기 마련이다. 그러지 않고서야 여자애가 대놓고 입 박치기를?

"아니. 정반대야. 너 완전 웩이야."

경우는 번갯불에 콩 볶듯 즉시 대답했다.

"뭐?"

곤은 일그러진 얼굴로 비틀거렸다. 2차 충격이 몰아닥쳤다. 싫다면서 왜 이러는 건지. 이율배반적인 경우의 행동을 종잡을 수 없었다. 자존심도 상했다. 몇 번 본 적도 없는 주제에 곤을 싫어할 이유는 또 뭐란 말인가.

"받은 만큼 일이나 해. 우리 오빠 목욕은 내일 방과 후에 부탁해. 만날 장소랑 시간은 내가 문자로 보낼 거야. 할 말 다 했어. 그럼, 가 봐."

대차게 쏘아붙이고 경우는 먼저 자리를 떴다. 그녀는 툭툭 흙을 차며 침착하게 걸어가다 말고, 갑자기 뒤에 쫓기는 사람처럼 달음박질치기 시작했다.

"안 해. 죽어도 안 할 거라고, 망할 계집애야!"

곤이 목청껏 고함쳤다.

이미 경우는 뒤돌아보지 않고 가 버린 뒤였다.

"씨……."

혼자 남은 곤은 입술에 손가락을 올려 보았다. 하도 소리를 질러서 입술이 버석버석했다. 그런 중에도 입술 중앙의 볼록한 부분이 유독 촉촉했다. 경우의 입술이 가장 오래 닿은 부분이다.

그 부분을 꾹 누르고 있던 그는 화들짝 손을 떼었다. 심장이 펄쩍 널을 뛴 후, 토슈즈를 신은 발레리나처럼 도도도도 잘게 뛰었다. 순식간에 심장박동 수가 최고치를 넘나들었다.

또 심장이 아프다. 달리기를 할 때완 전혀 다른 오묘한 고통이었다. 엄청 설레는데도 설레면 안 될 것 같아서 쇠뭉치로 누르는 기분. 혹은 일말의 죄책감과 두려움. 그리고 처음으로 발현하기 시작한 미지의 감각들까지.

몰아닥친 갖가지 감정에 곤은 아찔해졌다. 어쨌든 한 가지는 확실했다. 경우를 만나면 심장박동 수가 급상승한다는 것. 그의 의지와는 하등 상관없이 말이다. 그녀는 그의 생명을 줄어들게 만드는 암적인 존재다. 오늘, 고 계집애 때문에 못해도 대략 이틀분의 심장박동 수를 뺏겼다.

"어쩔. 돌아 버리겠네!"

곤은 골머리가 땡하여 벤치에 털퍼덕 주저앉았다.

그사이 하늘이 어둑어둑해졌다. 서서히 깊어지는 밤과 함께, 열일곱 소년의 고뇌도 한없이 깊어지기 시작했다.

* * *

다음 날.

청소를 끝낸 곤은 책가방을 싸면서 하교할 준비를 하고 있었다. 그때, 띠릭, 문자 한 통이 왔다.

—7시. 신기동 건널목.

곤의 목이 뻣뻣하게 굳었다. 사형선고라도 받은 죄수 같이.

신기동 건널목은 저번에 경석을 우연히 도와준 그 골목이었다. 저녁 일곱 시쯤엔 대부분의 애들이 학원에서 수업 중이라 그들 눈에 띄지 않는다. 모두 곤이 짐작한 시간에 짐작한 장소였다.

"걔 전화번호 물어봤어?"

슬그머니 희대가 다가와서 곤의 속을 긁었다.

"시끄러."

곤은 신경질적으로 휴대폰을 주머니에 집어넣었다. 교칙상 등교하자마자 담임에게 휴대폰을 제출해야 한다. 하지만 오늘은 경우와의 약속이 신경 쓰여서 폰을 내지 않았다.

애들은 쉬는 시간에 게임을 하려고 자주 휴대폰을 가져오지 않은 척했지만 곤은 꼬박꼬박 냈다. 괜히 담임에게 걸려 복잡해지는 게 싫어서다. 경우가 아니었음 곤이 사소한 거짓말을 할 필요가 없었다. 이것만 봐도 그렇다. 경우는 곤의 일상을 위태롭게 만드는 독버섯이었다.

"저기압이네. 뭔 일 있어?"

"없어, 인마."

"심통 부리지 말고 오늘 햄버거 한 사발 어때? 나 새로 출시된 '1998 버거'가 안젤리 졸리 땡겨. 함께 하자, 친구야."

희대가 긴 혀로 입술을 축였다.

참치 뱃살마냥 붉고 두툼한 혀가 꿈틀대면서 입술 주름을 쓸고 지나갔다. 곤의 시선이 그 혀로 날아가 꽂혔다. 혀만 보아도 심장이 간질간질해졌다. 그는 이맛살을 찌푸렸다.

'으악. 또 기억났잖아!'

입, 입술, 혀.

그 세 가지와 연관되는 모든 행위들은 요주의 대상! 그것들은 시간을 과거로 회귀시키는 타임머신이나 마찬가지였다. 또한, 곤을 둥지공원의 벤치, 아니, 요물 같은 소녀의 입술 앞으로 텔레포테이션(teleportation, 순간 이동) 하는 마법의 주문이기도 하고.

희대는 움찔움찔하는 친구를 의아하게 응시했다.

"왜 그래. 또 어디서 지진 났대?"

그 덕분에 곤은 현실로 돌아왔다.

"아니. 넌 학원 가야지. 쨀 거야?"

"늦게 가면 되지 뭐. 너도 늦게 가라."

"나 학원 끊었잖아. 몇 번 말하냐."

지난달에 곤은 다니던 종합 학원을 과감하게 그만두었다.

아들이 학원을 관두겠다고 선언하자, 부모님은 걱정을 하면서도 곧 아들의 선택을 수긍하셨다. 그들은 항상 모든 결정을 아들 스스로에게 맡겼다.

곤은 부모님의 무간섭이 고마웠다. 때론 부모님이 너무 무심하다 싶을 때도 있었다. 무한 신뢰인지, 방관인지. 그 자신도 뭘 원하는지 헛갈렸다. 너무 조여도 불안하고, 너무 느슨해도 불안했다.

곤의 아버지는 특히 7일 만에 살아 돌아온 외아들을 향한 감회가 남달랐다.

"공부가 다 뭐냐. 목숨 줄 붙잡고 건강하게 사는 게 최고지."

그날의 지진으로 사현동 쇼핑몰에서만 무려 277명이 목숨을 잃었다. 그 참극의 슬픔은 차츰차츰 아득해졌다. 이제 아버지는 그날의 비극조차 소중한 아들 인생의 극적인 전환점 정도로 여겼다. 살아남은 아이의 부모만 누릴 수 있는 독단적 여유랄까. 소중한 가족을 잃은 자와 소중한 가족을 다시 찾은 사람 간의 시각적 차이는 극명했다.

그래서 요즘은 그 말도 듣기 싫어진 곤이었다.

겨우 일곱 살 꼬마가 뭘 알았겠는가. 열 살이나 더 먹은 지금도 세상은 이해할 수 없는 일로 가득하다. 살아남는 것도 죽는 것도, 처음부터 그 자신이 적극적으로 선택한 게 아니다. 그 비극과 희극에 얼렁뚱땅 휩쓸린 것일 뿐.

분명 자신의 인생인데도 얻어 사는 것 같은 느낌. 곤은 그 불편한 감정에 몸서리쳤다.

"나랑 햄버거 먹으러 가자, 응?"

희대는 원숭이처럼 곤의 목에 대롱대롱 매달렸다.

그는 신제품 햄버거가 나올 때마다 달려와서 먹으러 가자고 졸랐다. 새 햄버거나 음원이 나오면 무조건 정복하고, 친구들에게 자랑해야 직성이 풀렸다.

"오늘은 바빠. 가려면 내일 가자."

곤은 바로 고개를 휘저었다.

"왜?"

"약속 있어."

"약속? 누구랑? 혹시 그…… 핑크 천사? 결국 만나기로 했구나!"

실실 쪼개면서 희대가 새끼손가락을 치켜세웠다. 예전에 곤이 게임하다가 알게 된 여자애의 게임 아이디를 언급했다.

"그 게임 관둔지가 언젠데."

곤은 두루뭉술하게 답변을 회피했다. 희대에겐 모든 걸 오픈해 왔다. 하지만 경우에 대한 일만은 도저히 입이 떨어지지 않았다. 마침내 단짝 친구인 희대에게도 '말할 수 없는 비밀'이란 게 생기고 말았다. 알고 보면 대단한 비밀도 아닌데 곤은 숨겼다. 희대의 반응이 두려웠다.

혹시 경우가 경석이의 여동생만 아니라면 괜찮았을까? 말했을까?

그럴지도.

하여튼 경우와 경석. 그 둘은 둘로 나눌 수 없는 한 세트다. 그리고 그 거룩한 남매는 두 개의 샌드위치 빵처럼 곤을 앞뒤로 둘러싼 채로 짓누르고 있었다. 꽉꽉. 숨이 멎을 만큼 처절히 고통스럽게.

*　*　*

경석이의 투박한 손을 잡아끌고 오르던 그 길.

오늘 곤은 그 가파른 고갯길을 경우와 단둘이 걷게 되었다. 경우는 정확한 시간에 도착한 그를 보고서도 얼굴색 하나 바뀌지 않았다. 곤이 당연히 올 줄 알았다는 무심한 눈초리만 흘릴 뿐. 가타부타 말도 없이 덤덤하게 고갯길을 오르기 시작했다.

겸연쩍게 그녀를 흘낏한 후, 곤도 뒤를 총총히 따라나섰다.

두 사람은 길을 오르는 내내 말이 없었다. 경사가 가팔라지면서 이따금 거친 숨소리가 튀어나오기도 했으나 왠지 민망해진 곤은 호흡을 꾹꾹 다잡았다. 경우와 있으면 숨조차 마음껏 내쉴 수가 없었다.

이윽고 두 사람은 경석의 동네에 도착했다.

조개껍질들처럼 따닥따닥하게 붙은 작은 단층 주택들의 거리. 그 누운 조개껍질들 사이로 경우가 힘차게 걸어 들어갔다. 골목길을 두 번 더 꺾어 든 뒤에야 그녀는 비로소 걸음을 멈추었다.

"여기야. 우리 집."

경우는 녹슨 대문을 어깨로 밀며 들어갔다.

끼이익. 문에선 애절하게 기름칠을 갈구하는 소리가 났다.

게슴츠레했던 곤의 눈동자가 휘둥그레졌다. 녹슨 대문만큼이나 낡아 빠진 단층집 풍경에 놀랐다.

집은 낡은 데다 몹시 어수선했다. 깨진 유리문마다 초록색 테이프들이 덕지덕지. 작동이 가능할까 의심스러운 고물 세탁기는 생뚱맞게도 마당 한복판으로 탈출해 있었다. 좁은 마당 구석에는 자전거 바퀴 등의 잡동사니가 켜켜이 쌓여 있었고, 위태롭게 쌓인 박스들이 당장이라도 무너져 내리지는 않을까 우려되었다.

"하……."

그의 입에서 탄식이 흘러나왔다. 그러나 곧 경우의 매서운 눈빛에 아차 하며 한숨을 삼켰다. 빈말이라도 '너희 집은 아담해서 좋구나' 하는 칭찬은 나오질 않는다.

'이래서 날 쫓아냈구나.'

경우가 경석이를 데리고 와 준 자신을 동네 초입에서 부리나케 쫓아낸 이유가 짐작되었다.

경우가 차분히 그를 재촉했다.

"뭐 해? 도련님은 빨리 봉사하고 돌아가셔야지."

"도련님이라고 부르지 마."

"SB가 나아, 도련님이 나아? 둘 중에 골라."

곤은 혀를 끙 찼다. 둘 다 싫다. 그렇지만 경우에게 아이처럼 싫다고 투덜거릴 수도 없다.

"그냥 이름 불러. 근데 경석인 왔어?"

"안방에 있어."

경우가 드르륵, 중앙의 유리문을 열었다.

문이 열리자 오크색의 마루가 나타났다. 그 마루가 이 옛날식 단층집의 복도 겸 거실이었다. 마루 뒤로 바로 안방이 연결되는데, 안방 문도 활짝 열린 상태였다. 집이 하도 적막해서 아무도 없는 줄 알았건만. 창이 없어 어두운 안방 한가운데에 경석이가 있었다. 그는 입을 헤벌린 채 TV 시청 중이었다. 둥그렇게 구부린 등 때문에 고인 물웅덩이 속에 앉은 거대한 두꺼비처럼 보였다.

"오빠, 친구 왔어."

경우가 말하자, 비로소 경석이가 힐끗 돌아보았다. 그의 시선은 여동생 얼굴을 비껴가서 잘생긴 학급 친구의 면상에 닿았다.

"안녕?"

곤이 어줍게 한 손을 올렸다.

경석이는 히죽이 웃고선 다시 TV로 고개를 돌렸다. 집에 온 손님이 누구든 전혀 개의치 않았다. 겸연쩍어진 곤이 팔을 내렸다.

"시작하자."

경우는 쪽, 안방 안에 위치한 목욕탕 겸 화장실로 들어갔다.

덜그럭덜그럭. 요란한 소음이 흘러나왔다. 곧이어 경우가 빨간색 목욕통을 꺼내면서 본격적인 목욕 준비가 시작되었다.

곤은 우두커니 방 안에 섰다. 무엇부터 시작해야 할지 얼떨떨했다. 하교 후에 줄곧 TV에만 매달려 있었는지 경석이는 아직 교복 차림이었다.

용기를 낸 곤이 경석에게 한 손을 내밀었다.

"경석아, 목욕하자. 일단 우리 옷 좀 벗어 볼까? 내가 도와줄게."

그래도 경석은 미동이 없었다.

하는 수 없이 곤이 움직였다. 그는 주춤주춤 경석의 와이셔츠 단추를 끄르고, 소매를 잡아당겼다. 경석은 수동적으로 팔을 맡기고만 있었다. 남이 씻겨 주는 일에 적응된 낌새였다.

펄러덩.

곤은 수월히 그의 옷을 벗겨 나갔다. 교복 와이셔츠와 민소매 속옷까지 벗겨 낸 직후, 곤은 잠시 망설였다. 경우 앞에서 경석의 옷을 어디까지 벗겨야 할지, 신경이 쓰였다.

"오빠 목욕탕으로 데리고 들어와. 빨간색이 찬물이고, 파란색이 뜨거운 물이야. 표시가 거꾸로니까 기억해 둬."

경우는 수도꼭지부터 가리켰다.

욕실은 좁디좁았다.

욕조 없는 욕실 안에서 경우가 궁여지책으로 커다란 목욕통에 따뜻한 물을 받아 놓았다. 목욕통 옆엔 플라스틱 간이 의자가 있었다. 욕실 바닥에 쪼그려 앉아야 할 곤을 위해서 놔둔 것이었다.

"난 나가 있을 테니까 오빠 옷은 전부 방에 놔두고 들어가. TV 소리가 들려야 오빠가 얌전히 있어. 참, 오빠가 기겁하니까 찬물은 안 돼. 따뜻한 물을 써."

"알았어."

곤이 턱을 끄덕했다.

"어렵진 않을 거야. 오빠 워낙 목욕을 좋아하거든."

꼼꼼히 알려 준 후에야 경우가 안방을 나갔다.

곤이 서둘러 움직이기 시작했다. 분주하게 손을 움직이다 보니 어느새 경석이는 둥실한 골반에 팬티 한 장만 걸쳤다. 바나나 속 살처럼 발가벗겨져도, 흐리멍덩한 그의 눈동자는 여전히 TV 화면에만 못 박혀 있었다.

'젠장. 젠장!'

곤은 입으로만 숨을 쉬었다. 경석의 머리부터 발끝까지 발효된 냄새가 고루 풍겨 나왔다. 오래된 절임 반찬을 손으로 헤집는 듯했다. 이로써 한동안은 그토록 좋아하는 오징어 젓갈도 먹지 못할 거라며 곤은 투덜거렸다.

곤은 손가락에 힘을 꽉 주었다. 그 손가락을 갈고리 삼아 경석의 팬티를 벗겨 내면서 눈동자를 옆으로 돌렸다. 경석이를 만져야 한다니. 민망함을 떠나 혐오스럽기까지 했다.

"들어가자고, 새…… 경석아."

곤은 습관처럼 튀어나오려던 욕을 훌렁 집어삼켰다. 문득 문밖에서 경우가 듣고 있을지도 모른다는 생각이 든 것이다.

그는 경석의 등을 욕실 쪽으로 떠밀었다. 물이 식어 버릴까. 마음이 급했다. 경석이가 감기라도 걸리면 경우에게 호된 타박을 받겠지.

"어어."

놀란 경석이 팔을 쑥 TV 화면으로 뻗었다. 화면의 개그맨들이 멀어져 당황한 몸부림이었다.

"TV 안 끌 테니까 일단 씻고, 응?"

곤은 경석을 어르고 달래면서 욕실로 끌어갔다. 말투를 억지로 부드럽게 짜내는 동안에도 그는 손으로 경석의 모가지를 마구 밀어 댔다. 굳이 의식하려 한 게 아님에도, 경석의 시커먼 사타구니 사이로 뭔가가 덜렁거리는 게 느껴졌다. 곤은 눈동자를 집요하게 욕실 문에 고정했다. 적나라한 경석의 하반신은 가급적 무시하려 노력했다.

촤아악!

물이 튀어 올랐다. 곤은 겨우 경석을 목욕통에 눌러 앉혔다. 따뜻한 물살에 휘감기자 비로소 경석이 고개를 주억거렸다. 만족한 듯 눈알을 뒤룩뒤룩 굴렸다.

"히히……."

그가 물장구를 쳤다. 그 틈에 곤은 욕실 문을 쾅 하고 소리 나게 닫았다. 경우에게 1차 미션은 끝냈다는 걸 알리기 위해서다.

"새끼야. 퍽이나 좋겠다. 이 마당에 웃음이 나냐?"

욕실이 차단된 김에 곤은 마음 놓고 한풀이부터 했다. 그런 다음엔 때수건을 손에 끼고서 팡팡 두드리고, 경석에게 다시 물을 바가지로 끼얹었다.

곤은 경석의 등 뒤에 자리를 잡았다. 때수건을 장갑처럼 낀 손으로 경석의 목 아래부터 쓸기 시작했다.

"간지러워, 하흐……."

경석이 요상한 웃음을 터뜨리면서 목을 자라마냥 접어 넣었다.

"가만있어 봐, 새꺄. 자꾸 움직이면 뒈진다."

짜증이 난 곤은 눈을 무섭게 부라렸다. 그러자 경석이 머뭇하며 목욕통 속에서 얼어붙었다. 남이 야단치는 건 기가 막히게 알아채고 꼬리를 내렸다.

살짝 미안해진 곤이 목소리에서 힘을 뺐다.

"덩치는 산만 한 놈이 이게 뭐야. 암만 대갈빡이 안 돌아가도 혼자 목욕할 줄은 알아야지. 니 여동생도 그렇고 난 뭔 개고생이냐."

곤의 입에서 넋두리가 굽이굽이 흘러나왔다. 그는 경석의 등판을 오른쪽에서 왼쪽으로 차례로 밀기 시작했다. 봄에 밭이랑을 가는 농부마냥 진지한 표정이었다. 막상 경석을 씻기기 시작하자 승부욕이 용트림했다.

곤의 손힘에 떠밀려 나온 진회색 국수들이 후두두둑 떨어졌다. 경석은 오랫동안 때를 밀지 않은 게 틀림없었다. 진회색 때들이 죽은 날벌레 떼처럼 낙하했다.

"아 씨."

다시금 욕지기가 치밀었다.

한여름. 좁은 욕실에서의 목욕 봉사는 한증막 고문이었다. 곤의 몸에 있는 구멍이란 구멍이 깡그리 열리면서 쉴 새 없이 땀방울을 배출했다. 줄줄 흘러내리는 땀방울은 눈썹 안으로까지 침범해 들었다.

"눈 감아."

이제 곤은 경석이 머리를 감겨 주기 시작했다. 머리카락이 아니라 숫제 머리통을 뽑아 통째로 갈아 치울 듯 손길이 거칠었다. 경석은 물줄기마냥 쏟아지는 곤의 다그침에 주눅이 팍 들었다. 비눗방울이 눈에 들어가도 뭐 마려운 강아지마냥 끙끙대며 꿈틀대는 게 고작이었다.

드디어 마무리 비누칠만 남았다. 경우가 미리 좁은 욕실 바닥에 샴푸, 린스 등의 목욕 용품을 일렬로 늘어놓았다. 덕분에 곤도 시간을 아꼈다. 그는 보디 샴푸를 짜서 때수건에 묻혔다. 처음엔 동전 크기로 한 번만 짰다가, 경석을 흘끗 보고는 세 번 더 짜냈다. 그의 등판은 시베리아 대륙 같았다. 불룩하게 나온 그의 배는 삼중으로 접힌 데다, 어디 한 군데 빈틈없이 살이 알알이 찼다. 운동은 노, 식욕은 예스인 전형적인 배불뚝이 아저씨 몸매였다.

"비누칠해 줄게. 일어서!"

곤의 명령에 경석이 쭈뼛쭈뼛 일어섰다.

스르륵. 그는 보디 샴푸를 잔뜩 묻힌 때수건으로 그의 뒤판을 훔쳐 냈다. 여드름인지 뾰루지인지, 아니면 땀띠인진 몰라도. 아무튼 붉은 꽃이 만개한 경석의 멍게 같은 엉덩이까지도 단숨에 정복해 나갔다.

뒤판을 끝내고 이제는 앞판 차례. 곤은 전봇대처럼 선 경석이를 빙그르 돌렸다.

그러다 우물쭈물 멈췄다. 경석의 얼굴과 가슴을 내려와 마침내 사타구니 사이! 계속 외면하던 난감한 신체 부위에 직면하고 만 것이다.

앞쪽은 대충 물 대포로 쏘고 말까 하는 생각이 안 든다면 거짓말. 그러나 곤은 용기를 냈다. 욕실을 나가서 경우의 의심에 찬 눈빛을 떳떳하게 되받아치려면 약간의 고통쯤은 감내해야 했다. 그렇게 스스로를 위로하고 다독였다.

"진짜 가만있어라. 1센치라도 움직였다간 졸라 맞는다!"

으름장부터 더럭더럭 놓았다. 그 후에야, 곤은 경석이의 얼굴로 때수건을 가져가서 두 뺨과 코를 훔쳤다. 바짝 긴장한 경석이는 눈을 찔끈 감은 채로 콧김을 뿜었다. 출렁거리는 가슴살을 다 훔칠 때까지도 눈을 뜨지 않았다. 벌 받는 아이 같은 경석의 모습이 조금 짠했다.

"자식아, 덩치나 좀 작든가. 뇌세포가 적으면 거죽이라도 귀여워야 사랑받지. 어른도 아니면서 양아치처럼 무식하게 크기만 크면 누가 예뻐해 주냐, 후하?"

헉헉거리면서 핀잔을 주다 말고 곤의 눈이 휘둥그레졌다. 자연스레 아래로 내려가던 시선에 요상한 생명체 하나가 포착된 것이다.

곤은 자신의 말을 정정해야 했다. 다른 건 몰라도 경석의 남성만은 명실공히 '알짜 어른'인 것이다. 그것이 비누 거품을 둘러쓴 채 머리를 슬쩍 쳐들고 있었다. 마치 불구경 나온 동네 주민 같이.

"이 새끼도 남자라고 이 지랄이네. 새끼야, 빨리 대가리 안 내려? 앙?"

곤은 목청껏 고래고래 소리쳤다.

"음?"

때마침 경우가 세탁물을 들고 방으로 돌아왔다. 그녀는 경석의 속옷과 옷을 꺼내 놓으려다가 고개를 갸웃했다. 욕실에서 큰 목소리가 흘러나왔으나 그것도 잠시. 금방 쏴아아 하며 거친 물 세례가 이어졌다. 경우는 입꼬리를 사선으로 올리곤 서둘러 방을 나갔다.

아이스크림은
반드시 녹는다

곤이 욕실에서 경석을 데리고 나왔을 때, 경우는 방에 없었다.

고군분투 끝에 생애 첫 목욕 봉사를 완수했다. 경석을 씻기는 데 꼬박 한 시간이 걸렸다. 곤은 아린 팔뚝을 주물렀다. 완전히 파김 치가 되어 버렸다.

"봉사 두 번만 하다간 골로 가시겠네."

그의 입술이 자꾸 오리 주둥이처럼 앞으로 나왔다.

여름의 목욕 봉사는 미친 짓이라는 둥, 집이 망해도 때밀이는 안 할 거라는 둥. 목욕 봉사에 대해 부정적인 감정만 가득했다. 뭣보 다 이 미친 짓을 더 해야 한다니!

"다 됐음 나와."

경우가 컴컴해진 바깥 마당에서 곤을 불렀다.

곤은 냉큼 돌아섰다. 막 속옷에 발을 꿰어 넣는 경석을 방에 홀로 놔두고 나왔다.

"끝났지? 집에 가."

그가 마당으로 나오자마자 경우가 대뜸 명했다. 오라는 것도 가라는 것도 제멋대로다.

"쟤 옷 안 입히고?"

지친 표정으로 곤이 방 안을 고갯짓했다.

"오빠 저대로 놔두면 돼. 새 옷 내놓으면 몸이 시려서라도 입거든. 한 번씩 안 입겠다고 생떼 부릴 때도 있지만, 자기 전엔 입어."

"벗는 건?"

"그것도 시키면 해. 좀 느려서 그렇지 지적장애라고 완전히 맹추는 아냐. 다섯 살 아이라고 생각하고 대하면 돼."

'그런 중요한 정보는 미리미리 알려 줬어야지. 괜한 수고 했잖아!'

곤은 경석의 탈의를 도와준 일이 새삼 억울해졌다.

"그만 가야지. 밑에까지 데려다줄게. 가자!"

경우가 대문을 급하게 열어 젖혔다. 곤이 자신의 집에 오래 머무는 게 싫은 티가 역력했다.

"정말 가도 되는 거지?"

곤이 헐레벌떡 그녀의 뒤꽁무니를 따라잡았다.

그러자 경우는 빙그레 웃고서 고갯길을 내려가기 시작했다.

두 사람은 말없이 어둑어둑한 골목을 통과했다. 어색함을 견디지 못한 곤이 먼저 경우에게 작별 인사를 했다.

"가도 돼. 나도 길 외웠어."

"난 슈퍼 가려고 나온 거야."

"흠."

곤은 무안해져 입을 불퉁히 닫아 버렸다.

성큼성큼.

뚜벅뚜벅.

두 쌍의 발들이 고갯길을 앞서거니 뒤서거니 하며 행진했다.

경우는 조용했다. 잘했느니, 못했느니. 경석의 목욕에 대해서는 일절 언급조차 없었다. 그게 곤은 내심 불만이었다. 도통 그녀의 속을 알 수가 없으니.

편의점을 지나친 경우는 조금 더 걸어가 동네 슈퍼마켓에서 멈추었다. 그러고선 곤에게는 기다리라는 눈짓 한 번 없이 가게로 쏙 들어갔다.

'싹퉁머리 없는 계집애. 볼일 끝났다고 바로 생깐다 이거지? 아후, 첨부터 내가 저거랑 상종을 말아야 했는데!'

곤은 퍼렇게 불이 켜진 슈퍼마켓 간판만 노려보았다. 황망함과 함께 갈증이 일었다. 입안이 때수건만큼 깔깔했다. 그러고 보니 경석이 집에서 물 한 모금 얻어 마시질 못하고 땀만 한 바가지 흘리고 정신없이 쫓겨났다.

"나쁜 계집애."

씩씩대면서 곤이 슈퍼마켓 앞을 몇 발자국 지나갈 즈음이었다.

"SB!"

경우가 슈퍼에서 쪼르르 달려 나왔다.

"왜 또 불러, 어?"

버럭 화를 내다 말고 곤이 허걱 했다. 달려 나오는 경우의 양손에 아이스크림콘이 들려 있었다.

"배고프지?"

그녀는 콘 하나를 곤에게 내밀었다. 그가 사랑해 마지않는 초콜릿 맛을.

* * *

이내 두 사람은 나란히 둥지공원의 벤치에 앉았다.

곤은 손에 든 아이스크림을 덥석덥석 베어 물었다. 노동 후에 먹는 아이스크림은 무척 달았다. 적당히 녹은 설탕 덩어리가 혀에 착착 감기면서 위액을 분출했다. 지금의 식욕이라면 앉은 자리에서 아이스크림을 열 개는 더 해치울 수 있을 듯했다. 반면에 경우의 아이스크림은 좀처럼 줄지 않았다. 그녀는 자신의 초코 콘을 예리하게 주시하고 있다가, 녹아서 형체가 무너지려는 부분만 덥석덥석 핥아 먹었다.

하다못해 아이스크림 먹는 법조차 다르다. 두 사람은 참 어울리지 않는 조합이었다.

"경석이 말인데…… 맘에 안 들어도 대충 넘어가. 나 집에서 강아지 목욕도 안 시켜 본 사람이거든."

"픕, 바보. 내가 오빠 몸을 어떻게 일일이 검사하니?"

그랬다. 경우는 경석이를 꼼꼼히 검사할 수 없었다. 대충 해도 되는 일이었다!

곤의 얼굴이 벌겋게 달아올랐다. 무얼 위해 그리 뽀득뽀득 씻기며 용을 썼던가. 스스로가 한심해졌다. 경석이가 알아서 물장구나 치게 놔둘 걸 그랬다.

"혹시 어머니랑은 연락 안 해? 어머니가 오실 수 있을지도 모르잖아."

"안 해. 같이 안 산다니까."

경우가 화들짝하며 티가 나게 시선을 피했다.

역시 엄마는 가출한 건가. 곤은 지레짐작했다. 경석이 집엔 엄마의 손길이 닿은 흔적이 없었다. 경우가 꺼려 하는 엄마 얘긴 되도록 꺼내면 안 될 성싶었다.

곤은 허겁지겁 아이스크림을 먹어 치웠다. 그러고선 경우에게 되물었다.

"한 달이지?"

"응."

"해 줄게."

"응?"

"너희 아버지 오실 때까지 내가 경석이 목욕 봉사 해 주겠다고. 미리 말해 두는데 알바비 필요 없어. 어디까지나 봉사잖아."

"그 말 진짜야?"

정말로 놀란 모양이었다. 아이스크림을 핥다 말고 경우가 눈동자를 동그랗게 치켜떴다. 표정이 밝아졌다.

'까짓것 하자, 해! 그 새끼를 우리 동네 치매 어르신이라고 생각하고 등이나 팍팍 밀어 주면 되지 뭐!'

차라리 경우가 원하는 대로 해 주기로 결심하면서 곤은 묘한 희열을 느꼈다. 본인이 꽤 괜찮은 놈으로 여겨졌다.

"그나저나 니네 아버지도 경석이 씻기느라 힘드시겠다. 그 자식 진짜 골 때린다고. 목욕하면서 무슨……."

곤은 중얼거리다 말고 아차 싶었다. 하필 야릇하게 고개를 쳐들던 경석이의 중심이 생각나설랑 쓸데없는 소릴 하고 말았다.

"오빠가 어쨌다고?"

"그니까…… 그게, 경석이 덩치가 크니까 누가 씻겨 주든 힘들겠다 그거지."

아무렇게나 둘러댄 변명이었다. 그런데 경우가 갑자기 활어처럼 팍하고 튀어 올랐다.

"땅 파고 살아 나온 주제에 그깟 게 뭐 힘들어?"

"또 그거냐. 지옥, 아니 지진에서 살아온 행운아 얘긴 지긋지긋하다. 제발 좀 잊어 주라."

곤도 이를 빠득 갈았다.

"잊어? 지진으로 죽은 사람이 얼마나 많은 줄 알아? 난 절대 안 잊어, SB."

경우의 타오르는 눈빛에 곤이 움찔했다. 경우의 눈길만 받으면 이상하게도 자신이 죄인이 되는 느낌이었다.

"힘들지 않아. 나 혼자도 얼마든지 오빠 씻겨 줄 수 있지만, 오빠가 민망할까 봐 남한테 맡기는 것뿐이야. 내가 할 줄 몰라서 너한테 부탁한 게 아니라고!"

그녀는 바득바득 우겼다.

"헐."

기어이 곤은 대꾸할 말을 잃었다. 초코 아이스크림으로 둘 사이에 급상승하던 친화력이 뚝 흙바닥으로 곤두박질쳤다.

"길곤. 넌 역시 부르주아야. 운이 쓸데없이 넘쳐서 세상에 진짜 힘든 게 뭔지, 무서운 게 뭔지 모른다고. 오빠 목욕 도와줘서 고마워. 그렇다고 우쭐해서 나한테 대접받으려는 생각은 집어치워. 완전 꼴불견이니까!"

경우의 공격이 연타로 이어졌다. 그녀의 눈초리는 땡고추마냥 매웠다.

"운이 넘쳐? 꼭 말을 고 따위로 해야 해? 기껏 도와줬더니 어이가 없네."

분노에 휩싸인 곤이 주먹을 꽉 쥐었다. 손에 쥔 아이스크림 포장지가 납작하게 찌그러졌다.

도큰!

동시에 그의 심장이 극렬히 격동했다.

'틀렸어. 불쌍해서 도와주려 했더니 얘랑은 말이 안 통해. 쪼그만 게 날 못 잡아먹어서 안달이잖아.'

곤은 갑갑하고 절망감이 들었다. 경우와의 거리감은 아무리 해도 좁혀지지 않았다. 그녀는 너무도 비뚤어졌다. 단순한 호의조차 호의로 받아들이지 않았다. 그중에서도 제일 불쾌한 건, 자신을 극악무도한 원수로 대하는 경우의 태도였다. 곤으로선 이해 불가한 적대감이다. 그는 경우에게 잘못한 게 없었다.

"너 이상해. 사람이 배배 꼬였여."

"넌 안 이상한 줄 알아?"

"사람 자꾸 까 댈 거야? 이럴 거면 관두자. 다신 너희 집 안 가. 앞으론 날 부르지 말고…… 흡!"

곤의 입술이 납작 붙어 버렸다.

이번에도 그의 항변을 고스란히 받아 낸 건 경우의 입술이었다.

두 번째 키스?

'으아악, 또! 이 계집앤 제정신이 아냐!'

패닉에 빠진 곤은 머릿속으로만 비명을 꽥꽥 질렀다.

사실 혼자 멍하니 있을 때면 자꾸 경우와의 첫 키스가 뭉게뭉게 떠오르곤 했다. 또 혹시라도 경우가 경석이 목욕 알바비로 뽀뽀를 계속해 줄 작정인지, 슬쩍 궁금하기도 했다.

그래도 곤은 어떻게든 경우와의 입맞춤은 우스운 해프닝으로 넘기려고 노력하던 중이었다. 아무것도 아닌 경석이 여동생에게 휘둘리는 걸 인정할 수 없기에.

경우는 그런 그를 벌하듯 대담한 짓만 저지르며 곤의 약한 마음을 파고들어 촘촘히 덫을 놓았다.

어느 순간 경우의 손이 느슨해졌다. 쥐고 있던 콘이 점점 기울어졌다. 녹은 아이스크림이 흙바닥으로 툭 떨어지며 땅바닥에 점박이 무늬를 새겼다.

아이스크림이 주체할 수 없을 만치 녹아 버렸다. 경우는 녹은 아이스크림을 먹지도, 버리지도 않았다. 그저 놓지 못하는 작은 미련처럼 손끝에 머금고 있었다.

그런 채로 경우는 제 할 일을 했다. 눈을 진득하게 감고서 입술을 오물오물 움직였다. 여기서 뭔가 더 해야 하는데, 뭘 해야 할지 몰라서 입만 되는 대로 움직여 봤다.

맹하게 떴던 곤의 눈이 게슴츠레해졌다. 경우의 입술은 놀랍도록 달았다. 분명 초코 맛인데도 착착하게 바닐라 향이 피어올랐다. 초코와 바닐라 아이스크림을 번갈아 한 입씩 베어 문 듯했다. 사람 입술이 아니라.

놀란 중에도 본능은 충직했다. 꽉 닫혔던 곤의 입술이 살금살금 벌어졌다. 공기를 찾아 헤매던 혀끝에 경우의 입술이 아슬아슬 스쳤다. 말랑한 물질이 다른 촉촉한 물질과 조우하는 느낌이 아찔했다. 외계인과 악수하면 이런 느낌이려나.

전율이 곤의 골을 찌르르 울렸다.

이번에도 먼저 입술을 뗀 건 경우였다. 그가 아니고.

머쓱해진 곤이 앞머리를 막 흐트러뜨리면서 불만을 터뜨렸다.

"아 씨, 돈은 필요 없다고 했잖아! 사람 놀리는 거야?"

"앞으로 부르지 말라며? 목욕 알바 관두겠다기에 놀라서 선불 준 거다."

경우가 맹맹히 받아쳤다.

"그건……."

"착해 빠진 척 굴지 마. 원래 사람은 받은 만큼만 하게 되어 있어. 이렇게 입술 도장이라도 찍어 놓지 않으면 넌 요리조리 핑계 대면서 며칠도 못 하고 내빼겠지. 사람들은 전부 약았어. 난 알아."

저도 겨우 열일곱 해만 산 주제에. 경우는 발악하듯 세상을 다 안다고 부르짖었다.

곤은 명치가 뜨끔뜨끔했다. 돌이켜 보면 그도 말실수를 했다. 방금 전에 더는 오지 않겠다고 신나게 외쳤지 않은가.

"니가 하도 긁으니까 홧김에 그런 거지. 그리고 경석이가 학교에서 이러쿵저러쿵 떠들고 다님 난 뭐가 돼? 나도 곤란……."

곤은 새빨간 홍당무로 변해서 주절대었다.

"괜찮아. 오빠라면 걱정하지 마. 오빤 몰라. 아무것도 몰라."

경우는 무덤덤하게 읊조렸다.

곤은 하던 말도 잊고서 새삼 그녀를 빤히 내려다보았다. 경우의 말투가 몹시 서글펐기 때문이다.

그녀의 입술에 가로등 불빛이 묻어났다. 막 립글로스를 꺼내 바르기라도 한 듯, 입술이 번들번들했다. 경우의 입술을 발광시킨 건 녹은 아이스크림과 그리고 약간의 침. 그 침의 1퍼센트는 혹시 곤의 것일지도 몰랐다.

자신의 존재가 그녀의 입술에 묻어서 작은 전구 알들을 박은 것처럼 번쩍거리고 있다. 알싸한 망상에 정신이 아득해지며 발가락 끝까지 전기가 올랐다. 곤은 홀린 듯 그녀의 입술에 빠져들었다.

문득 그의 검지가 카메라 셔터를 누르려는 듯 구부러졌다.

'아…… 찍어 둘까. 두고두고 꺼내 보게.'

경우를, 정확히는 저 달빛에 반짝이는 경우의 입술만 접사로 찍고 싶어졌다. 참으로 오랜만에 느껴 보는 촬영의 유혹이었다. 그 유혹이 너무 강렬해서 곤은 계속 손가락을 꼼지락거렸다.

* * *

다음 주 토요일.

"여기다."

희대가 싱글벙글 웃으며 곤을 맞았다.

곤이 부름을 받고 피자 집에 도착해 보니 희대는 혼자가 아니었다. 여학생 둘과 함께였다.

"안녕?"

한 여자애가 곤을 향해 해사한 미소를 보냈다.

그녀는 문해주였다. 그 문해주!

인사를 받는 둥 마는 둥 하고서 곤이 희대를 째려보았다.

"어떻게 된 거야?"

"내가 지난주에 학원 옮긴 건 알지? 청용으로."

희대가 학원을 옮기다니. 금시초문이다. 2년 내내 잘 다니던 삼익학원은 어쩌고서 해주가 다니는 청용으로 냉큼 갈아탔는지. 곤으로선 '사랑의 힘은 과연 신묘하구나' 하고 감탄할 뿐이었다.

'기어이 날 이용해서 해주랑 친해지려고?'

희대의 의도를 파악한 곤의 인상이 험악해졌다.

이대로 일이 망쳐질까 싶어서, 희대가 냉큼 진화에 나섰다. 그는 자세를 낮추고 다정한 어투로 곤을 꾀었다.

"청용이 수업 분위기가 좋더라. 그렇지?"

그는 3초에 한 번씩 해주를 흘끗거렸다.

"맞아. 희대 덕분에 우리 수업도 재밌어졌어. 전엔 졸립기만 했거든. 샘들 완전 지루하고."

해주가 웃으면서 거들었다.

"잘됐네."

희대의 옆자리에 앉으면서도 곤은 통명스럽다 못해 가시가 콕콕 박힌 말투였다.

"우리 저번에 의논했던 거 기억나지? 그래서 내가 해주랑 효진이에게 부탁했는데 고맙게도 해 주겠다는 거야. 그래서 내가 인사도 할 겸, 미리 한턱 쏘려고 불렀지."

희대는 그제야 오늘 모임의 목적을 밝혔다.

"뭘?"

"우리 사진 모델. 공모전 준비해야지."

무심하게 물을 입으로 가져가던 곤이 정지했다. 사진 공모전은 아예 잊고 지냈다.

"모델이라니깐 좀 쑥스럽네. 우리같이 평범한 애들이 할 수 있을까?"

그의 표정을 읽은 해주가 걱정스럽게 눈을 내리깔았다.

"무슨 소릴! 우리 학교에서 해주 너 아니면 누가 하냐?"

희대가 펄쩍 뛰며 그녀를 치켜세웠다.

'신났구나. 날 팔아서 잘 꼬셔 봐라.'

사진 공모전을 핑계로 삼은 게 괘씸하긴 해도, 곤은 친구의 계획에 동참해 주기로 마음을 고쳐먹는다. 이왕 공짜 모델도 생겼으니 콘테스트에 열심히 도전해 볼까 하는 의욕도 덩달아 솟구쳤다.

"나야…… 해 주면 고맙지 뭐. 둘 다 사진발은 잘 받겠다."

곤이 해주와 효진을 차례로 힐끔거렸다. 희대가 해주만 띄워 주기에, 일부러 효진을 챙겨 준 것이었다.

효진이 비실비실 미소를 지었다. 해주만큼은 아니어도 그녀도 그럭저럭 귀여운 여자애였다.

"출사는 언제 나갈래? 쇠뿔도 단김에 빼랬다고 오늘 바로 나갈까?"

희대가 안 쓰던 속담까지 들먹이며 운을 떼었다. 어떻게든 해주와 오래 시간을 보낼 구실을 찾는 중이었다.

"오늘? 그건 좀. 아무 준비도 안 하고 왔거든."

효진이 허둥지둥 가방에서 손거울을 꺼내 들었다.

"상관없어. 잡지 모델 같은 사진이 아니거든. 그러니까 올해 공모전 주제는……."

곤이 점잖게 일침을 가하려는 참에 해주가 그의 말을 싹 가로챘다.

"인간, 그리고 청소년. 맞지?"

그녀는 곧바로 곤의 코앞에 휴대폰 화면을 들이밀었다. 올해 사진 공모전의 공지를 미리 캡처해 둔 터였다. 사진 공모전의 요강이라면 곤도 이미 외웠다. 청소년 사진 공모전 형식은 늘 비슷하고, 주제만 매년 조금씩 바뀌었다. 작년의 주제는 '사람과 환경'이었다. 따라서 환경오염과 연관된 작품들이 대거 뽑혔다.

올해의 공모전 주제는 너무 광범위했다. 그 바람에 곤도 선뜻 아이디어가 떠오르지 않았다. 어딜 가나 인간과 청소년이 버글버글 모여 있지만. 흐트러진 인상들을 한 프레임 속에 담아내기 위한 또렷한 주제를 잡기가 애매했다. 무엇보다 경우와 엮인 후론 사진을 한 장도 찍지 못했다.

'공모전…… 포기하긴 아까울까?'

불참하면 두고두고 후회할지 모른다. 올해 콘테스트에서 장려상 이상으로 입상하면, 한국과 호주 청소년 사진 문화 교류 행사에도 참가할 자격이 부여된다. 상금보다도 그게 더 솔깃했다.

"벌써 찾아봤구나."

희대가 호들갑을 떨었다.

"하는 김에 나도 공모전에 참가하려고. 그러니까 너희들도 내 모델 해 줘야 해."

"나도?"

해주가 야무지게 포부를 밝히자 희대는 적잖이 당황했다.

"대신 누구든 자신이 모델로 나온 사진으로 받은 상금은 공평하게 쪼개서 주는 거지."

그녀는 장난치듯 날름 혀를 내밀었다.

'요것 봐라?'

곤도 새삼스러운 눈으로 해주를 관찰했다.

해주는 예사롭지 않은 여자애였다. 신호등처럼 커다랗게 번쩍거리는 눈망울로 친구들의 시선이 멀어질 때마다 얼른 그 관심을 자신에게로 끌어왔다. 옷차림도 신경 쓴 듯, 안 쓴 듯 용의주도했다. 하늘하늘한 블라우스에 짧은 청반바지를 입어 캐주얼하면서도 로맨틱한 분위기를 강조했다. 늘어뜨린 머리카락을 귀 뒤로 넘기는 손과 손톱은 빈틈없이 손질되어 있었다.

단순히 예쁜 것만은 아니었다. 자신이 예쁘다는 걸 알고, 그 점을 이용하여 유리한 고지를 점령할 줄 알았다. 해주는 작은 머리통 속에 차세대 최신 CPU를 장착한…… 여우였다.

곤은 그런 해주가 마음에 들었다. 최소한 사진에 대해선 여자나 사귀려고 공모전을 이용하는 희대보단 상을 타겠다는 의욕이 더 순수해 보이니까.

"서로 사진 찍어 주는 거네. 멋지다, 해주야!"

희대는 그녀를 하늘에서 강림한 여신처럼 우러러보았다.

잘 부탁해

"사진…… 잘 부탁해, 곤."

해주가 그의 까만 눈망울을 직시했다.

그윽한 진다갈색의 눈동자. 그 속엔 당연히 곤도 자신을 열심히 찍어 댈 것이라는 자신감이 똬리를 틀었다.

'쟤랑 사진 준비하는 거 나쁘진 않겠어.'

곤은 속마음을 감추고 고개만 까딱했다. LED 조명처럼 싸하게 들어오는 희대의 눈치가 보여서다. 곁에서 그가 두꺼비 눈알을 부라리니 해주에게 적극적으로 반응하기가 거북했다.

'희대 사진, 어떻게 나오려나?'

한편 곤은 희대가 찍어 낼 해주 사진이 궁금해졌다.

카메라가 없는 희대는 휴대폰으로 사진을 찍어 보내겠단다. 상관없다. 뭐든 사진을 찍어 이미지 파일로 보내기만 하면 되니까. 하지만 핸드폰으로는 아무리 노력해도 한계가 있다.

곤은 전문가용 카메라가 있다. 매년 아버지는 곤의 생일선물로 원하는 건 뭐든 사 주셨다. 아마 그가 조른다면 올해 생일에도 최신 카메라를 선물로 받을 수 있겠지만, 이제 카메라 욕심은 버렸다. 그건 세 번의 낙선 덕분이었다.

첫 낙선에서 곤은 입상작에 본인 이름이 없음에 크게 분개했다. 당선된 작품들을 훑어보면서도 그들과 자신의 작품이 뭐가 다르냐며 수긍하지 못했다. 낙선에 대한 분노에만 사로잡혀 이럴 순 없다며 길길이 날뛰었다. 당시엔 고성능 카메라를 손에 넣고 한참 우쭐대며, 못해도 입선은 할 거라는 허무맹랑한 자신감에 사로잡혀 있었다.

얼마 후에 다시 공모전 입상작들을 마주하고 곤의 자신감은 밑바닥으로 추락했다. 그는 큰 수치심을 느꼈다. 즉시 컴퓨터에 저장해 둔 사진들을 폴더째 폐기해 버렸다. 비로소 자신의 사진에 뭔가 중요한 알맹이가 없다는 걸 깨달은 것이다.

물론, 무엇이 부족하다고 꼭 집어 말할 순 없었다. 지금도 여전히 뜬구름 잡는 느낌이고. 그래도 작년처럼 겉멋만 양껏 들린 사진은 결코 찍지 않겠다, 다짐하는 곤이다.

피사체를 사랑해야, 사진도 예술적으로 나오는 법이다. 그리고 희대는 해주를 사랑―이 간질간질한 단어를 말하기엔 입술이 잘 안 떨어지긴 해도, 아마도 희대는 사랑의 유사 형태를 경험―하고 있다. 고로, 그의 사진 실력은 왕초보라 해도 사진사가 갖춰야 할 가장 기본적인 자세를 갖추었다. 곤은 그 점이 진심으로 부러웠다.

'나도 해주를 좋아해 볼까? 저 앤 예쁘니까, 확실히 사진이 잘 나올 거야.'

곤은 조각 같은 해주의 얼굴선을 훑어 내렸다. 그러다 곧 머릿속에 팍하고 떠오른 팝업창을 재빨리 닫았다. 더 할 수 없이 기분이 께름칙했다. 친구의 여자 친구와 불륜이라도 저지른 듯 죄책감이 느껴졌다.

해주가 그를 향해 풍성한 속눈썹을 달달거리며 말했다.

"내 사진을 공모전에 낼 거면 일단 나한테 보여 줘. 친구라고 해도 몰래 찍어 보내는 건 구린 짓이야."

"당근이지!"

해주가 한 마디 한 마디 할 때마다 희대가 코러스처럼 맞장구를 짝짝 쳤다.

'누가 저만 찍는데? 은근 공주병 환자군.'

곤은 멋쩍게 물컵을 들어 올렸다. 고개를 돌렸지만, 유리창에도 해주가 투명하게 비쳤다.

해주의 등 뒤로 황금빛 햇살이 커튼처럼 드리워졌다. 그 햇살이 아이의 손처럼 그녀의 코를, 뺨을, 귓불을 더듬는 광경이 상당히 인상적이었다. 미소녀로 태어난 건 부러운 이점이다. 보잘것없고 단편적인 일상조차 감각적으로 변하게 만드는 매력을 가진 거니까. 왜 사진작가들이 아름다운 여자를 많이 찍는지 곤도 이해가 됐다.

* * *

다음 주말에 넷이서 출사를 나가기로 정했다. 해주와 효진과 헤어진 후에, 희대와 곤은 터덜터덜 집으로 걸어갔다.

"후, 이렇게 우린 경쟁자가 되는 건가?"

불현듯 희대가 편안한 침묵을 깨부수었다. 그는 엄지와 검지를 붙여서 구름 과자를 피워서 하늘로 날리는 시늉을 했다. 곤이 해주에게 관심이 생긴 걸 깨닫고 비위가 상한 모양이었다.

"미친놈. 매년 낙선하는 내가 왜 너의 경쟁 상대야?"

"사진 말고."

"으휴, 이 엉아가 진심으로 충고하는데, 까딱하다간 사귀기는커녕 해주에게 목을 물어뜯길지도 몰라. 그 애…… 솔직히 네 상대론 벅찬 애다. 너무 저자세로 굴지 말고 쿨하게 친구로 지내. 니가 여자 하인 노릇하는 거 친구로서 보기 안 좋다."

"무슨 섭섭한 말씀을. 우리 해주가 얼마나 천산데. 난 해주 전용 앨범을 만들 거야. 그걸 주며 '상 따윈 필요 없어. 난 너만 있으면 돼.' 요렇게 고백하는 거지. 당연히 마무리는, 쪼오오옥!"

희대는 썰면 두 접시는 나올 만큼 두툼한 입술을 쭈욱 내밀었다. 그 모습이 참으로 상스러웠다.

곤이 삐딱하게 뇌까렸다.

"어련하시겠냐. 해주 앨범을 뽑든 말든 멋대로 하셔. 그리고 효진이 말이야. 그 앤 내 스탈 아니니까 둘씩 짝 맞출 생각 하지도 마. 난 내 식대로 해."

"설마 너 여기서 빠지려고? 안 돼! 해주 찍어도 되니까 빠진다는 소리만 마!"

그가 강하게 나오자 희대가 까무러치게 놀랐다.

"으흠?"

그제야 곤이 구긴 인상을 풀었다.

굳이 두 여자애 중에 모델을 고르라고 하면 해주 쪽이 훨씬 구미가 당겼다. 공모전 사진으로 셀카를 찍을 게 아니라면 어쨌거나 모델은 필요했다. 올해 주제로 보아선 사람이 꼭 사진에 들어가야 했다.

"니가 전문가라고 걔들한테 뻥카 쳐 놨단 말야. 나 좀 도와줘, 응?"

희대는 꼬리를 확 내리고서 매달렸다.

"아주 애간장이 녹았구나. 알았어, 인마."

곤이 마지못하는 척 두 발 물러섰다.

'나도 해주나 찍어 볼까? 걔 마스크가 괜찮긴 하지.'

대상이 생기니 사진에 대한 의욕이 샘솟는다. 그의 귀엔 벌써 해주를 향해 셔터를 누르는 소리가 들리는 듯했다.

찰칵!

* * *

며칠 뒤 저녁 즈음이었다.

간만에 곤은 부모님의 식당에서 저녁을 먹었다. 그런 후엔 구석에 앉아 가방에서 연습장과 펜을 꺼냈다.

잠시 그는 미간을 찌푸리고서 연습장을 팔랑거렸다. 그러다 뾰족한 샤프펜슬 심으로 빈 연습장에 한 점을 콕 찍었다. 그뿐. 그 점을 선으로 이어 나가지 못했다.

공모전 사진을 위한 구도가 좀처럼 잡히지 않았다. 머릿속이 백지 상태. 어쩌다 문득문득 떠오르는 건, 달빛을 머금고서 번뜩거리는 오동통한 소녀의 입술이었다. 바로 경우의 입술!

"으음……."

곤은 빈 여백을 보다 말고 괴로운 신음 소리를 흘렸다. 사진에 집중하고 싶은데 자꾸 경우가 훼방을 놓았다.

'미친 척하고 경우를 찍을까?'

생각하다가 곧바로 도리질을 쳤다. 행여 경석이 여동생 사진으로 상이라도 받았다간 학교에서 경석이와 굴비처럼 엮일 게 뻔했다. 최악은, 상도 받지 못하고서 경우와 야릇한 소문만 나는 것이다. 경우와의 소문은 '세븐 보이'를 능가하는 최고의 최악이 될지도 모른다.

"무슨 고민이라도 있어, 아들?"

고뇌 어린 아들의 표정을 보고 아버지가 넌지시 대화를 요청했다.

"사진전 때문에요."

"또 참가하려고? 역시."

아버지는 기특하다는 듯 곤의 어깨를 팡팡 두들겼다. 그는 아들의 도전을 열렬히 지지해 왔다.

"넌 무조건 된다. 내 아들이라서가 아니라 넌 근성 하나는 타고났잖니. 칠전팔기!"

그는 격려의 말을 좔좔 늘어놓았다.

서서히 곤의 갑갑증이 재발했다. 아버지는 아들이 '세븐 보이'라는 사실을 뿌듯해한다. 앞으로도 아들이 무슨 역경이든 딛고 되살아나리라는, 아버지의 무한 신뢰. 그 신뢰가 곤을 숨 막히게 만들었다. 그는 사람들이 기대하는 만큼 강하지 못하다.

'근성요? 내가 구조된 건 재수가 좋아서였죠. 아버지, 일생에서 로또 두 번 걸리는 거 봤어요? 운발 좋은 건 한 번으로 족해요. 지진이든 쓰나미든, 뭐든 또 일어나면 난 휴지 조각처럼 똘똘 말려 죽고 말걸요.'

지진 이후로 몇 년간 곤은 악몽을 꾸었다. 칠흑의 어둠에 갇히는 악몽을. 가위에 눌려 밤새 뒤척대다가 오줌을 지린 적도 허다했다.

당시엔 외할머니가 함께 살며 곤을 돌봐 주셨다. 할머니는 한밤중에 경기하며 우는 손자를 안아 주고, 젖은 이불과 속옷도 손수 빨아 주셨다. 몇 년 전 돌아가셨으나 할머니와 나눴던 대화들만은 생생했다.

"무서워요, 할머니."

"무서워해도 돼. 어리니까."

"키가 아빠만큼 커지면 무서운 것도 줄어들겠죠?"

"그럼. 우리 곤이는 아빠보다 더 강하고 씩씩해질 거야."

할머니의 말을 철석같이 믿고서 아무쪼록 빨리 성장하기를 고대했건만. 키가 클수록, 몸에 털이 많아질수록 불안감은 곱으로 증폭되었다.

공포심의 종류도 꽤나 다양해졌다. 어둠뿐만이 아니었다. 온갖 새로운 공포들이 곤의 방문을 두드렸다.

처음 변성기가 왔을 땐, 목구멍에 꺼끌꺼끌한 가시라도 박힌 줄 알고 당황했다.

처음 민망한 곳들에 털이 숭숭하게 자라 나왔을 땐, 이걸 깎아야 할지 놔둬야 할지 몰라서 줄기차게 인터넷을 검색했다.

처음 하반신이 뻐근해지면서 하늘로 섰을 땐, 온종일 창피해서 부모님의 얼굴을 쳐다볼 수 없었다.

처음으로 친구 놈 코를 부수며 폭력의 쾌감을 느꼈을 땐, 미안함과 통쾌함의 이율배반적인 감정으로 밤잠을 이루지 못했다.

이러한 새로운 현상들은 열일곱이 된 지금까지 매일매일 현재 진행 중.

그 모든 종류의 '처음'들은 곤을 고문했다. 처음을 맞이한들 기쁘기보단 당황스럽고 수치스러웠다. 한편, 그 모든 처음들을 교과서의 '2차 성징'의 특징 속으로 몰아넣기는 무리다. '처음'들은 곤이 직접 선택할 수 없었다. 그래서 억울했다. 내 집에 불한당이 신발을 신고 들어와 돌아다니는 꼴을 넋 놓고 보기만 해야 하니까.

때론 눈을 뜨고 일어나면 모든 처음을 건너뛰고 바로 스물다섯 청년이 되었으면 하고 바랐다. 그러나 현실에선 불가능한 판타지! 하기야 깨어나 보니 슈퍼맨이 되는 것도 끔찍했다. 밥 먹다가 귀찮게 하늘을 슝 날아가 사람들을 도와야 한다니! 우연히 말려들었을 뿐, 슈퍼맨도 영웅이 되길 원해서 된 건 아닐 거다. 곤이 '세븐 보이'가 되고 싶어 된 게 아니듯이.

그때였다.

쨍그랑!

접시 깨지는 소리가 식당을 뒤흔들었다. 삽시간에 두 부자의 눈빛이 날카롭게 벼려졌다.

"맙소사."

아버지가 빛의 속도로 일어나 부엌으로 달려 들어갔다. 곤도 주저 없이 그를 따라갔다.

"지진이야?"

"아뇨, 사장님. 제가 손이 미끄러져서 그만······."

주방 아주머니들이 바닥에 너부러진 접시 파편들을 줍고 있었다.

"혹시라도?"

아버지는 벽에 손을 대 본 후, 다른 곳이 흐트러지지 않았는지 체크하기 시작했다. 선반에 둔 건 플라스틱 그릇들뿐이라 떨어져 깨질 위험이 없다. 무거운 사기 그릇들은 진작부터 아래에 정리해 두었다.

아버지의 준비성은 국가재난방지센터 못지않게 철저했다. 특히 지진 대비라면 거의 완벽한 수준. 이 이 층짜리 식당 건물은 최고의 내진 설계를 자랑하며, 벽지며 못 한 개까지 내구성이 우수한 자재들로만 건축되었다. 지진계는 부엌, 홀 두 군데, 계산대, 식당 바깥 입구까지 총 다섯 개나 달아 두었다.

"0.76이네요, 아버지."

지진계를 가리키며 곤이 그를 안심시켰다.

"아침보다는 내렸군, 흠흠."

지진계 수치 및 휴대폰의 지진 프로그램까지 눈으로 확인하고 나서야, 아버지는 만족한 듯 뒷짐을 지었다.

"3을 넘어가면 무조건 식당으로 오는 거 명심해. 이 동네에선 우리 식당이 제일 튼튼하지. 그 난리를 쳐 놓고도 이 나라는 정신을 못 차려. 여태 경비를 아낀다고 부실시공 하는 쓰레기 건설사 놈들이 널렸다니까. 사람 목숨이 돈보다 중한 것도 모르고, 쯧.ˮ

아버지는 혀를 찼다. 그가 지진 노이로제를 갖게 된 원인 제공자는 당연히 아들이다.

ˮ아유, 당신이 유난 떨지 않아도 곤이 알아서 와요. 곤이 어디 보통 아들이에요?ˮ

어머니가 남편의 잔소리를 살갑게 나무랐다.

'지극히 보통 아들이라고요, 엄마.'

곤은 씁쓸히 눈꺼풀을 내리깐다.

ˮ어서 우리 집을 올려야 하는데 조금만 더 참아 줘, 아들.ˮ

ˮ전 괜찮아요. 그럭저럭 살 만해요.ˮ

곤은 미소를 띠며 손사래를 쳤다.

아버지의 공공연한 계획은 식당 옆에 식구들이 다 함께 지낼 튼튼한 집을 짓겠다는 것. 인근 도로의 특수성상 관청에서 주택 허가가 나지 않아서 준공이 미루어졌다.

솔직히 곤은 지금이 좋다. 이 자유도 시한부라 생각하면 오히려 슬퍼진다.

지진으로 풍비박산이 났던 해가 어느덧 10년 전. 대지진이 닥친 바로 다음 날부터 재해 복구 작업은 놀랄 만큼 빠르게 이루어졌다. 무너진 건물들과 시설들은 90퍼센트 이상 복구가 끝났다. 현재는 장바구니 물가나 걱정하지, 지진을 걱정하는 이는 드물다. 지진이 할퀴고 간 상흔들도 가물가물해졌다. 비극적인 기념일이나 지진 피해 추모관에 들렀을 때만 사람들은 그 기억을 떨떠름하게 상기했다.

그러고 보면 사람들은 참 쉽게 잊어버린다.

대교가 웨하스 과자 조각마냥 파사삭 쪼개졌을 때도, 크루저가 거북이 등처럼 뒤집혀 심연으로 침몰했을 때도, 거인이 레고로 만든 집을 밟은 것처럼 백화점이 어이없이 무너졌을 때도 그랬다. 종말이 왔다고 난리 법석을 떨다가 언론이 시들해지면 사람들도 금세 바쁜 일상생활로 복귀했다. 지진이라고 다를 게 없다. 그것 또한 아주 잠깐 그들의 삶을 뒤흔들어 놓은 짧은 강풍에 지나지 않았다. 강풍은 지나가면 그뿐.

* * *

곤이 경석에게 세 번째 목욕 봉사를 간 날이었다.

치르릉.

경석이네 집에 도착하자마자, 곤은 자전거 바구니에서 큰 통부터 꺼내었다. 마당에 멀뚱멀뚱 선 경우에게 그 통을 건네주었다.

"받아."

"뭔데?"

"별건 아냐. 반찬이야."

식당에서 가져온 반찬들이었다. 오늘 엄마가 외동아들 먹으라고 싸 준 반찬과 고기들을 고스란히 경우에게 떠넘긴 거다.

"돈 받고 파는 거니까 맛은 보장해. 뭐 해? 빨리 받아. 나 팔 아파."

곤의 엄살에 경우가 머뭇머뭇 반찬을 받아 들었다. 그녀는 물끄러미 반찬 통을 응시했다. 어쩔 줄 모르는 어색한 낯빛이었다.

"나 왔다, 경석아!"

경석이 이름을 냅다 부르면서 곤이 안방으로 내뺐다. 경우가 고맙다고 인사하면 쑥스러울 듯해서다.

두근두근.

뜬금없이 곤의 심장박동 소리가 커졌다. 빈 가슴이 헬륨 가스를 넣은 것 마냥 빵빵하게 차올랐다.

'이래서 사람들이 좋은 일을 하는 건가?'

착한 자신이 기특했다.

결국 경우가 반찬에 관해선 한 마디도 안 했음에도.

쏴아아.

곤은 바가지로 경석의 등에 물을 쏟아부었다. 경석이 쭈그려 앉은 물웅덩이에서 거품 방울들이 뽀글뽀글 올라왔다.

"헤……."

경석은 냄비 뚜껑만 한 손을 삽처럼 구부려 거품을 퍼냈다. 그러곤 손에 올망졸망 매달린 거품 방울들을 입바람으로 후후 불어 떨어뜨렸다. 영락없는 다섯 살배기 아이다.

"일어나."

곤은 경석을 일으켜 세웠다.

쪄 죽을 만큼 덥고 좁은 욕실에서 경석이를 목욕시키는 일이 제법 능숙해졌다. 이왕이면 경석이가 싫어하는 머리 감기부터 한 후에 몸을 씻기는 게 낫다. 그런 요령도 생겼고.

경석의 광활한 등판을 훔친 뒤에, 곤은 유유히 앞쪽으로 이동했다. 첫날처럼 경석의 앞쪽을 씻는 일에 거부감이 들진 않았다.

그런데. 맹랑한 생명체가 인사라도 하듯 거품을 뚫고서 새침하게 등장했다.

"이 자식. 또냐?"

이맛살을 찌푸리다가 곤이 바람 빠진 미소를 피식 흘렸다.

문득 경석이 측은해졌다.

십 대 후반. 한참 혈기 왕성하게 혈액을 뿜어 댈 나이다. 따라서 '상황 파악을 못 하고 경거망동하는 일어섬'은 경석의 잘못이 아니다. 지나치게 민감한 그의 오감이 문제지. 유죄를 받아야 할 놈은 상황 판단을 못 하는 경석의 모자란 뇌세포다.

"내 손이 졸지에 독수리 오 형제가 됐네. 일주일에 두 번씩 짠 하고 나타나서 널 도우니까. 안 그냐, 경석아?"

곤은 킥킥거렸다. 동시에 거품이 보글보글한 때수건으로 경석의 중심부를 스치듯 훑어 내렸다.

"히익!"

말초적 자극에 놀란 경석이 팔짝 뛰었다. 그는 괴상한 신음 소리를 흘리면서 급하게 사타구니를 오므렸다. 엉거주춤하게 구부린 다리와 웃는 것도 우는 것도 아닌 어정쩡한 표정이 똥 마려운 강아지와 똑 닮았다.

"엉아가 살살 했는데도 이 야단이냐. 거기도 비누칠은 해야 할 거 아냐? 중요한 곳이니까 더 잘 씻어야지, 경석아."

곤이 능글능글 종알대면서 그를 구슬렸다.

경석이는 두 손을 꼬랑지처럼 꼬아 말고서 눈치만 봤다.

"이건 니가 건강하게 잘 크고 있다는 증거거든. 그니까 쫄지 말고 제발 허리나 좀 펴 봐!"

타앙.

곤이 때수건을 낀 손으로 경석의 등짝을 후려쳤다. 저도 부모님 눈을 피해 야동 폴더를 드라이브에 깊숙이 숨겨 두고 조마조마하는 고딩 주제에. 어쩐지 경석의 앞에선 어른인양 잔소리가 주절주절 늘어났다.

"먹어."

곤이 마당으로 나오자마자 경우가 약속이나 한 듯 아이스크림을 내밀었다. 아이스크림을 미리 사서 냉장고에 재어 두었다.

"땡큐."

둘은 마당에 아무렇게나 놓인 플라스틱 의자에 각자 앉았다. 말 없이 곤은 아이스크림을 먹었고, 경우는 차가운 보리차를 홀짝였다. 안방에서 부스럭대는 소리가 들렸다. 뉴스를 전하는 TV 소리가 생활 소음과 한데 섞였다.

저녁임에도 아직 하늘이 훤했다. 학교에서 오전 수업만 한 날이라 곤도 경석이 집에 일찍 들렀다.

'너무 밝잖아.'

떨어지지 않는 해를 보고 속이 은근히 상했다. 대낮에 경우의 돌발 키스를 기대해선 안 되지 싶어서.

경우에게 이제껏 세 번의 뽀뽀를 받았다. 모두 선불로. 이러면 안 되는데 하면서도 곤은 결국 선불의 노예가 되어 버렸다. 마음속에선 죄책감과 설렘이 넘실넘실 줄타기를 했다. 그 죄책감도 나날이 줄어드는 건 왜인지.

"SB, 있잖아."

SB.

그렇게 부르는 이 세상에서 단 한 사람. 경석이 동생, 경우뿐.

곤은 매서운 눈매로 그녀를 째려보았다. 그 발칙한 호칭이 괘씸하여 부른 이유가 궁금하지만 굳이 왜, 라고 묻진 않고 오기를 부렸다.

"아무것도 갖고 오지 마. 우리 집에도 반찬 있어."

경우의 목소리는 한겨울 북풍마냥 싸늘했다.

곤은 한숨을 후유 내쉬었다. 그냥 못 이기는 척 넘어가도 될 텐데. 기어이 예상을 벗어나지 않고 태클을 걸어오는 게 진저리 났다.

"대신 오늘 건 다 먹어. 기껏 준 거 버리면 음식 낭비야."

"처음이니까 먹어 주는 거다."

"알았다고."

'젠장, 고맙다고 말하면 입이 부르트냐?'

곤이 콧방귀를 흥흥 뀌었다.

"근데 너…… 해주랑 사진 찍는다며?"

경우의 억양이 살며시 고조되었다.

"누가 그래?"

놀란 곤이 경우를 재깍 마주 보았다.

"애들이."

소문이 그녀의 귀까지 들어간 건 자연스럽다. 해주와 효진은 경우와 한 반이니까.

"너 해주랑 친구지?"

곤은 질문을 되돌려 주었다.

"아니."

경우가 단답형으로 대꾸했다.

"같은 반 맞잖아. 저번에도……."

"우리 오빠도 니 친구겠네?"

경우의 반격.

"그건 뭐……."

곤은 어물쩍대다가 변명할 틈을 놓쳤다.

"거 봐, 너도 대답 못 하면서. 한 반이라고 친구는 아니지."

'참 못났다. 자신 있게 친구라고 말하면 될걸.'

조금 미안해졌다. 자신의 불분명한 태도에 경우도 분명 섭섭하리란 생각이 들었다.

"나랑 다르지. 너 걔들이랑 잘 어울려 다니잖아."

"따 당하기 싫어서 적당히 맞춰 주는 거야. 2학년 올라가서 뿔뿔이 흩어지면 걔들이랑은 쫑이야. 걔들도 날 진짜 친구라곤 생각 안 해. 머릿수 채울 때나 아쉬워서 부르는 거지."

그쯤에서 끊고서. 경우는 남은 보리차를 시원하게 들이켰다.

꿀떡꿀떡. 그녀가 보리차를 마시느라 고개를 젖혔다. 매끈한 목선이 드러났다.

곤의 눈길이 경우의 목으로 날아가 박혔다. 목에 큰 쇄골 두 개가 딱딱 올라온 게 신기했다. 마치 커다란 호치키스 심을 갖다 박은 듯이.

곤은 경우의 쇄골을 홀린 듯 보다가 시선을 황급히 딴 데로 돌렸다. 그러다가 더욱 민망해진다. 경우의 낡은 티셔츠 목 부분이 오그랑오그랑 늘어나 있다. 티셔츠가 워낙 헐렁해서 자세히 들여다봤다간 가슴골까지 훤히 보일 듯했다.

"해주가 부러워."

경우가 뜻밖의 고백을 했다.

"어디가?"

곤이 떨떠름히 물었다.

"예쁘니까. 예쁜 건 어디 가든 먹어 주잖아. 잘난 외모로 태어난 건 미리 90점 시험지를 받은 거나 같아. 다들 예쁜 애랑 친해지고 싶어 하잖아. 그러니까 너도 해주한테 사진 모델 해 달라고 부탁했겠지. 뭐, 이해해."

경우는 해주에 대해서 단숨에 정리하고, 분석하고, 판단 내렸다.

"모델 부탁한 적 없거든."

곤이 발끈했다.

"서로 사진 찍어 주기로 했다며? 관심 있으니까 그러는 거잖아."

경우의 음성이 예리한 날처럼 갈렸다.

"사진은…… 사정이 좀 있어."

"남자애들은 그런 식으로 수작 걸더라."

"아니라고 했잖아!"

버럭 한 후, 곤은 무리수를 던졌다. 나름대로 위로랍시고 말이다.

"외모가 전부도 아니고 경우 너도 뭐 그런대로…… 괜찮아."

"푸핫, 도대체 나 어디가 괜찮은데? 얼굴이? 몸매가?"

경우가 빵 터졌다. 그녀는 허탈하게 웃으면서 자신의 부위, 부위를 정육점 고기 평가하듯이 가리켰다.

"음. 그러니까 그게…… 쇄, 쇄골이…….""

곤의 입이 벙벙히 열렸다 닫힌다. 금방 자신의 발언을 후회해 본들 이미 주워 담긴 글렀다.

"쇄에에골?"

경우는 얼른 고개를 처박고서 자신의 목을 내려다봤다. 거기엔 동갑내기 소년에게 칭찬받을 만큼 대단한 건 없었다. 볼썽사납게 툭 튀어나온 쇄골 두 개 빼곤.

잠시 그녀는 대꾸할 말을 못 찾고 허둥거렸다. 그녀의 상반신은 얇고, 하반신은 살짝 두꺼운 매우 동양적인 체형. 그렇다 보니 늘 하체가 날씬하게 보이게끔 열과 성을 다했다. 교복 치마를 과하게 줄인 이유도 미니스커트를 입으면 조금이나마 다리가 가늘어 보인다는 잡지에서 주워들은 패션 공식을 믿어서다.

만약 방금 전에 곤이, 다리가 예쁘다, 라고 했다면 경우는 구라쟁이라고 욕을 했을 거다. 근데 웬 쇄골? 쇄골이 예쁘다는 건 뭔가. 칭찬인지 욕인지 알쏭달쏭했다. 쇄골은 평가하기에는 다분히 애매한 부위다. 쇄골이 커야 예쁜 건지, 작아야 예쁜 건지. 모르겠다.

"니 취향이 이상한 게……."

변태 같다는 말을 차마 못 하고서 경우는 끝말을 흐렸다. 그러다 다시금 그녀의 낯빛이 조명을 켠 듯 슬슬 밝아졌다. 무슨 꿍꿍이라도 생긴 모양. 그녀는 곤을 당혹스럽게 만들 새로운 아이디어를 짜내었다.

경우가 발딱 일어섰다. 그녀는 곤의 면전까지 단숨에 다가왔다. 그러곤 손가락으로 늘어난 티셔츠의 목 부분을 슬쩍 끌어 내렸다. 쇄골이 잘 보이도록.

당황한 곤이 얼굴을 비틀었다. 경우는 한껏 대담하게 그를 향해 돌격했다.

"그렇게 좋음 만져 봐, 쇄골."

"싫어."

그는 연거푸 고개를 저었다.

"내 쇄골이 괜찮다며? 설마 욕을 돌려서 한 거니? 가난뱅이니까 삐쩍 말라서 쇄골이 튀어나왔다, 뭐 이런 뜻이거나."

"아냐!"

곤은 답답했다. 더구나 경우는 뼈다귀 몸매와는 거리가 멀었다.

"그럼 만져. 니가 진심인지 봐야겠어. 그리고 이거 만지면 화끈하게 입술은 생략해 줄게. 오늘 선불비랑 퉁치는 거야."

경우는 곤을 달아날 수 없는 그물망에 집어넣고서 옥죄기 시작했다.

입술도 아니고 쇄골이라니. 곤에겐 딱히 달가운 제안은 아니었다. 그런들 거절할 수도 없는 노릇. 쇄골을 만지지 않으면 경우가 그것 보라고 길길이 날뛰며 그를 거짓말쟁이로 전락시킬 터였다. 동시에 그녀의 키스를 기다는 속물 마음도 들키게 된다.

그러므로 이건 선택이 아니라 강요였다.

'까짓것 만지자. 만지자고.'

궁지에 몰린 곤이 한 손을 내뻗었다. 그는 경우의 오른쪽 쇄골을 살금살금 만졌다. 지극히 당연한 얘기로 쇄골은 딱딱했다.

"됐지?"

나풀나풀 떨어져 나가려는 곤의 손을 경우가 재빨리 잡아챘다. 그의 손을 다시 자신의 쇄골 위로 눌러 앉혔다.

"아직 안 됐어."

까만 눈동자가 도전적으로 빛났다. 언제나 그랬듯 분노와 오기로 똘똘 뭉쳤다.

처음엔 쇄골이 살 발라낸 치킨 다리뼈와 비슷하단 느낌만 들었건만. 어느 순간 곤의 뺨이 뜨겁게 달아올랐다.

팔딱팔딱. 경우의 쇄골에서 움푹 꺼져 들어간 얇은 살결이 움직였다. 정맥인지 동맥인지. 뭔지는 몰라도 피부 아래서 핏줄이 세차게 뛰는 게 느껴졌다. 쇄골에 작은 심장이 달려 있는 걸까.

가슴에 손을 올리면 심장이 뛰는 걸 느낄 수 있다. 인간이라면 누구든 뛰는 심장과 평생을 살아간다. 그럼에도 곤은 몹시 새로웠다. 더불어 가슴이 뭉클해졌다.

심장 혼자만 뛰는 게 아니었다. 살갗도, 혈액도, 세포 하나까지도. 무릇 경우의 모든 것이 살아서 꿈틀댔다. 그녀는 살아 있었다. 그 당연한 사실이 왜 이리도 매혹적인지. 감격으로 곤의 콧구멍이 벌렁거렸다.

불현듯 경우가 진지하게 읊조렸다.

"잘 부탁해, 곤."

"뭘?"

꿈을 꾸는 듯 곤이 아연히 물었다.

"전부 다. 나랑 내 쇄골이랑 우리…… 오빠도."

대답하는 경우의 표정이 역광에 가려져 보이지 않았다.

슬픈지, 괴로운지, 담담한지, 그도 아니면 씩씩한지. 곤은 경우의 감정이 어떤지 짐작조차 되지 않았다.

뉘엿뉘엿 넘어가는 해는 발악하듯 오렌지 불빛을 내뿜었다. 그 황홀한 오렌지빛을 마주하다간 눈이 부셔 숫제 멀 듯했다. 한편으론, 그 역광의 그늘에서 무시무시한 존재감이 느껴졌다. 노을의 그늘은 블랙홀마냥 깊어지면서 경우의 얼굴도, 곤의 당혹감도 한입에 삼켜 버렸다.

노을의 틈과 그늘의 틈. 그 사이에서 경우의 음성이 가느다랗게 물결쳤다.

"잘 부탁해."

두 번째 부탁은 한층 적요했다. 그녀의 목소리도 얼굴도 단무지처럼 노을빛에 푹 절어서 물러졌다.

곤은 대답을 잃었다. 그저 미간을 좁히고서, 붉은 석양에 정신을 송두리째 빼앗겼다.

경우의 부탁은 모호했다. 언뜻 질식할 만큼 무겁고, 또 언뜻 바람결에 실려 온 듯 가벼웠다. 언뜻 곤에게 말하는 듯했고, 또 언뜻 혼잣말을 중얼거리는 듯했다.

그럼에도 충직한 곤의 귓바퀴는 그녀의 말투를, 억양을, 뉘앙스를 오롯이 담아 버렸다.

'이런.'

전율이 그의 손끝을 탁 쳤다.

곤은 곤혹스러웠다. 세월이 흘러 어른이 되고 경우에 대한 기억이 희미해지겠지만, 석양빛에 녹아든 그녀의 달뜬 목소리만은 어쩐지 잊을 수 없을 듯해서.

* * *

토요일 오후, 첫 출사 날을 환영하듯 햇살이 쨍쨍했다.

장소는 학교 운동장. '청소년'이란 주제를 부각하기에 안성맞춤이었다.

네 사람은 일단 운동장 스탠드에 자리를 잡았다.

곤은 가방에서 아이보리색 카메라를 꺼내 커버를 벗겨 냈다. 모드를 맞추고 동그란 렌즈를 줌인, 줌아웃 하면서 카메라 구도를 조절했다.

"비싼 거지?"

해주가 나긋나긋 말을 걸어왔다. 그녀는 분홍색 디지털 카메라를 들었다. 가격이나 성능이 고만고만한 초보용 카메라다.

"별로."

곤은 대답을 무심히 흘렸다. 그의 카메라는 고가의 전문가용이었다.

"부러워. 나도 이런 거 있음 좋겠다."

그녀는 곤의 카메라에서 눈을 떼지 못했다.

"쓸데없는 기능이 많으면 오히려 쓰기가 번잡해. 공모전에서 중요한 건 참신한 아이디어야. 아이디어만 감각적으로 잘 살리면 너도 대상 받을 수 있어."

곤은 데면데면 설명하며 카메라에 눈을 갖다 댔다. 날이 맑아서 렌즈에 저 멀리 허리 굽은 산등성이까지도 깨끗이 잡혔다.

'날씨가 우라지게 좋은데도 왜 아무 생각이 안 나냔 말이지. 환장하겠네.'

끼릭. 그는 렌즈를 되는 대로 돌리면서 뭘 찍을까 고민하기 시작했다.

불현듯 운동장 중앙에 선 희대와 효진이 렌즈 안으로 덜렁 들어왔다. 희대가 손가락으로 V 자를 그리고 있는 효진을 찍어 주는 중이었다.

곤이 급히 카메라 방향을 바꾸었다. 다음 순간, 이번엔 투명한 렌즈 안에 해주의 얼굴이 꽉 차 버렸다.

"정말 나도 대상 탈 수 있을까?"

물으며 해주가 하얀 이를 줄줄이 드러내었다. 앵두 빛깔 입술이 커튼 줄을 잡아당긴 것처럼 삭삭 위로 당겨 올라갔다.

찰칵! 곤의 손가락이 저절로 버튼을 눌렀다.

"어? 날 찍은 거야?"

통통 튀는 해주의 추임새에 정작 곤이 기겁했다. 그녀를 찍을 의도는 전혀 없었다.

"찍은 거 보여 줘!"

그녀는 방방 날뛰며 그의 팔뚝을 끌어당겼다.

"잠시만."

갑작스러운 그녀의 터치에 당황한 곤은 헐레벌떡 카메라를 이미지 모드로 바꾸고, 사진을 확인했다. 어떤 사진이 찍혔을지 그도 궁금했다. 부지불식간에 찍은 사진이라 흔들려서 해주의 눈, 코, 입이 몽땅 달아난 유령 사진은 아닌지. 혹은 얼굴이 프레임 밖으로 밀려나 턱만 찍힌 건 아닌지. 그 짧은 틈에도 별별 잡생각이 끼어들었다. 그 좋은 카메라로 고작 고것밖에 못 찍느냐는 눈총을 받을까 봐 가슴을 졸였다. 해주가 실망하면 그의 자존심도 타격을 받을 터다.

또라이

"짱이다!"

사진을 보자마자 해주의 눈이 화등잔만큼 커졌다.

다행히도 곤의 우려가 빗나갔다. 해주 얼굴이 사각 프레임 안에 온전히 담겼다. 무의식적으로 찍은 사진 치고 구도가 상당히 안정적이었다.

곤은 사진을 찬찬히 들여다보았다.

잘 나온 건 구도만은 아니었다. 어여쁜 소녀의 생동감을 충실히 포착한 성공적인 사진이었다. 탱글탱글 부풀어서 완만히 포물선을 그린 붉은 입술. 성글게 드리워진 속눈썹 틈새로 물기를 머금어 아침 이슬마냥 촉촉하고 청아한 눈망울. 흐드러진 나뭇가지마냥 뺨을 촘촘히 감싼 머리카락들. 가지런하게 자리 잡힌 두 줄의 치열. 그리고 잡티 하나 없이 빛을 발하는 백옥 같은 피부까지.

그중에서도 가장 매력적인 요소는 사진을 가득 채운 밝음이었다. 희망, 기쁨, 자신감, 열의, 그리고 설렘. 가지각색의 빛들이 해주의 달걀형 얼굴을 중심으로 녹아들었다. 높게 평가하자면 화장품 CF 속의 한 장면 같기도.

"잘 나왔네."

곤도 사진에 끌렸다. 사진 속 소녀가 해주의 실물보다도 한층 더 매력적으로 느껴졌다. 그저 사진발이 좋았거나, 혹은 해주의 내면에 잠재된 에너지가 태양 빛과 맞물려 폭발했을 수도 있다. 이유야 어쨌든 인정해야 했다. 사진 속 해주는 몽환적이고 아름다웠다. 정말이지.

"다른 사람 같아!"

해주도 몹시 흡족했다. 말로만으로는 부족한지 그녀는 손으로 곤의 어깨를 찰싹찰싹 쳐 대면서 함박웃음을 터뜨렸다.

"아프잖아."

민망해진 곤이 투덜거렸다.

"아프긴 뭐가 아파. 나보다 훨 크면서 엄살은, 푸훗."

해주는 장난치듯 더 세게 손을 휘둘렀다. 작은 손이 어깨에, 옆구리에, 복부에 와 닿았다. 그때마다 곤은 지렁이마냥 몸을 흠칫거렸다. 갑작스럽게 해주와의 거리감이 확 좁혀졌다. 몸만 아니라 아마 마음의 거리도. 하는 짓이 여우 같다며 세모눈으로 그녀를 본 게 며칠 되지도 않았건만 그새 해주가 편해졌다.

"이 사진 나 줘."

해주가 명랑하게 부탁했다.

"글쎄다."

"내 사진이잖아. 초상권은 나한테 있어."

그녀는 한쪽 눈을 찡긋했다.

"알았어. 번호 주면 집에 가서 사진 파일 전송해 줄게."

곤은 주머니에서 휴대폰을 꺼내 들었다.

"줘. 내가 할게."

해주는 대뜸 곤의 휴대폰을 강탈해 갔다. 하얀 손가락을 세워서 화면에 자신의 전화번호를 톡톡톡 찍고 통화 버튼을 눌렀다. 뚜르르, 경쾌한 벨 소리가 세 차례 울렸다.

"꼭 보내. 참, 이걸 공모전에 써도 괜찮겠다."

'예쁘긴 해도 공모전 주제엔 안 맞아······.'

곤은 묵묵히 시선을 피했다.

* * *

오후 나절 동안 네 사람은 운동장에서 비비적거렸다.

곤은 연속해서 셔터를 눌렀으나 큰 성과는 없었다. 공모전에 낼 만한 사진은 한 장도 찍지 못했다. 결국 오늘의 베스트 컷은 어쩌다 잘못 찍힌 해주의 얼굴이었다.

"다음 출사 정해지면 문자 줘."

첫 사진 모임이 끝나고 사거리에서 작별 인사를 나누었다.

그런데 반대 방향으로 걸어가던 해주가 별안간 돌아보며 곤에게 휴대폰을 흔들었다. 자기 사진을 보내라는 의미로.

"잊지 마, 곤!"

곤은 어정쩡히 한 손을 올렸다가 내렸다. 곁의 희대가 의식되었다.

곧바로 해주와 효진은 팔짱을 끼고서 가 버렸다.

"어젯밤에 개콘 봤어? 하도 웃겨서 배꼽 빠지는 줄 알았어."

희대는 평소처럼 시시껄렁한 개그 프로그램을 들먹이기 시작했다. 딴생각에 잠긴 곤은 건성으로 응응 대답했다. 어느 샌가 희대도 입을 다물었다. 잠시간 두 사람은 말없이 걷기만 했다.

두 소년은 탁 트인 대로를 지나 4차선 도로 옆 좁은 갓길로 걸어 들어갔다. 청색 울타리가 쳐진 갓길의 이름은 일명 '화이트 로드'. 아무 표식 없이 새하얀 아스팔트만 깔려서다. 인근 주민들과 학생들 대부분 이 갓길로 지나다닌다. 시내나 주택가로 가려면 이 갓길을 반드시 지나쳐 가야 하기에.

곤은 하얀 길을 신중히 따라 걸었다. 길은 폭이 좁은 반면 울타

리 간격이 넓어서 자칫하면 신발 앞코가 울타리를 넘어가 더러워
질 수 있었다.

화이트 로드 밖, 즉 청색 울타리 밖은 블랙 로드. 시커멓게 죽은
진흙땅이었다. 진흙땅은 무르고 움푹움푹 꺼져 위태로웠다. 그 위
론 무너진 건물에서 나온 큰 파편들과 쓰레기들이 어지러이 널렸
다. 까만 흙엔 하다못해 작은 벌레 한 마리조차 발을 들이지 않았
다. 유기물들이 버린 땅. 그 땅에선 가치를 잃은 무기물들만이 녹
슬고 기운 몸뚱이를 누이고 있었다.

이 지역은 지진 피해를 거의 입지 않았다. 그래서 곤의 부모님이
이사를 온 곳으로, 이 근방에서 10년 전 대지진으로 유일하게 피
해를 본 동네가 블랙 로드였다. 블랙 로드는 한때 많은 사람들이
살던 활기찬 동네였으나 지진으로 지대 자체가 분화구마냥 푹 꺼
져 버렸다. 이젠 논두렁도, 개울도 아닌 아무짝에도 쓸모없는 불모
지일 뿐이다.

도로가 끝나는 지점에 블랙 로드를 위로하는 커다란 추모비가
박혀 있었다. 은빛 판은 악몽의 대지진과 그로 인하여 하루아침에
사라진 동네에 관련된 감상적 사진과 이야기로 채워져 있다. 사람
들의 숨결과 아스라한 추억들은 오직 판 안에서만 머물 뿐. 차가
운 진흙땅에선 사람의 온기를 전혀 느낄 수가 없었다.

이 일대에서 지진이 할퀸 상처가 남은 곳은 블랙 로드뿐이었다.
그래서인지 이 길을 지날 때면 살짝 숙연해진다.

"왜 말이 없어?"

문득 곤은 잊고 있던 친구를 힐끔했다.

"너…… 내 친구 맞지?"

도리어 희대가 반문했다. 살찐 두 뺨을 달달 떨면서.

"그걸 말이라고 해, 인마?"

불퉁하게 쏘아 붙였지만 곤은 한 방 맞은 듯 명치가 뜨끔했다. 그와 해주가 친해진 걸 희대가 신경 쓰고 있었다.

"해주는 완전체야. 그러니까 그 앨 생각하면서…… 독수리 오 형제를 소환해도 괜찮아. 그건 남자로서 거부할 수 없는 숙명이 니까."

"엑?"

곤의 입매가 쩍 벌어졌다.

한술 더 떠서 희대가 더없이 진솔한 낯빛으로 주절거렸다.

"해주랑 사귀고 싶다면 남자답게 양보할게. 하지만 기다려! 해 주에게 내 첫 키스 바치기로 한 거 너도 알지. 그 미션을 클리어하 기 전까진 안 돼. 생각해 봐. 니가 지금 해주랑 사귀면 난 낙동강 오리 알이 되잖아. 내 첫 키스는 영영 날아가는 거란 말이지!"

"돌았냐. 내가 왜 해주랑 사겨? 개소리 작작 해."

곤은 기가 막히고 코가 막혔다. 희대가 해주를 열렬히 짝사랑하 는 건 알지만, 이렇게 배배 꼬인 생각까지 할 줄이야.

희대는 제 울분에 못 이겨 어깨를 파르르 떨었다. 곤의 반박은

귓등으로도 듣지 않았다.

"더도 덜도 말고 딱 키스, 아니 뽀뽀 한 번! 그거면 돼. 그니까 제발 끼어들어서 날 친구 여친에게 흑심 품는 부도덕한 놈으로 만들지 말아 줘. 응?"

"야!"

"제발. 너같이 운 좋은 놈은 내 마음 몰라."

"내가 뭘 몰라, 등신아."

"넌 전에 해 봤으니까 나보단 여유 있잖아."

"내가 언제?"

여유가 있다. 그 말은 경우에게 듣고 두 번째다.

"중 2 때 해 봤다고 자랑했잖아. 승윤이도 영국이도 그래. 고딩씩이나 돼서 뽀뽀 한 번 안 해 본 팔푼이 새끼는 나뿐이잖아."

희대의 동태눈에 심지가 파릇이 치솟았다.

"걔들은 걔들이고 난 그냥 어쩌다 당한……."

급히 변명하다 말고 곤이 뒷말을 흐렸다. 변명할수록 더 꼬이는 느낌이라.

중 2 봄, 곤은 동급생 여자애와 두 달 남짓 사귀었다.

그 애와는 단둘이서 만난 횟수가 손으로 꼽을 만큼 적었다. 그무렵 곤은 농구에 빠져서 친구들이랑 공원과 체육관을 전전하며 빈 농구 코트를 찾아다니기 바빴다. 여학생이 사귀자기에 얼렁뚱땅 받아들였지, 진지하진 않았다.

어느 가을날 그 애가 먼저 장난치듯 입을 맞추었다. 입술만 닿고 끝난 싱거운 입맞춤이었다. 이런 게 키스? 듣기보다 시시하군, 하며 되레 실망했다.

어쨌거나 희대는 홀로 소외감에 몸부림친 모양이었다.

"실은 나도 제대로는……."

친구를 위로한답시고 말하다가 또 곤은 말문이 막혔다. 불현듯 경우 생각이 났다.

경우와는 제대로 된 키스를 한 건가? 그런 것도 같고, 아닌 것도 같고. 그 통통한 입술을 떠올리면 곤의 심장이 두근두근하긴 했다. 입술을 잘 벌렸는지, 고개를 돌렸는지, 혀는 닿았는지 등등의 세부 사항은 흐릿흐릿 뭉그러졌다. 기억에 남은 건 단지 고장 난 심장의 격렬한 떨림뿐.

"무조건 기다려. 해주까지 추월했다간 두고두고 원망할 거다."

희대는 꽉 쥔 주먹을 곤의 코앞에서 흔들었다.

"이 새끼 까딱하다간 사람 치겠네."

곤은 코웃음을 쳤다. 나름대로 희대의 질투를 누그러뜨리기 위해 애써 본다.

"해주랑 썸씽 없어. 니가 소개해 주곤 왜 그래. 좀 믿어라."

"레알?"

희대는 의심을 풀지 못했다.

"고럼. 나한텐 니가 더 중요해. 해주 걘 내 타입 아냐. 맹세코."

곤은 벙글거리며 희대의 목을 와락 끌어안았다. 그대로 둘이서 넙죽 어깨동무를 했다.

사진 속 해주에게 혹하고, 친밀감을 느낀 건 사실이나 딱 거기까지다. 해주를 자신의 성적 판타지 속으로 끌어들일 생각일랑 추호도 없었다. 자신이 변태 성욕자가 된 듯 찜찜해지니까.

곤은 그쪽 방면에서는 떳떳했다. '너희들은 친구니까 절대 나의 쾌락을 위해 차출하지 않겠어. 안심해도 좋아!' 감히 외칠 수 있다. 뭐, 그런 걸 대놓고 물어볼 여자애는 한 명도 없겠지만.

"오버해서 미안."

희대가 넉살 좋게 웃는다. 언제 화를 냈느냐는 듯 평소의 그로 재까닥 돌아갔다.

"해주랑 잘해 봐. 응원해 주마."

곤은 호탕한 척 미소를 활짝 지었다. 그러면서 속으로 혀를 내둘렀다.

'이 새끼 진심 또라이야.'

* * *

더위가 맹위를 떨치고, 아이들은 땀에 젖은 목을 빼며 여름방학만 기다리기 시작했다.

점심시간에 곤은 책상에 늘어졌다. 온몸이 데친 시금치마냥 더

위에 푹 절었다. 희대도 휴대용 선풍기에 얼굴을 처박았다. 손바닥
만 한 선풍기는 털털대며 힘겹게 돌아갔다.

"어?"

별안간 희대가 코를 킁킁거렸다. 그는 코끝을 삐딱하게 치켜들
었다.

"내 코가 잘못됐나?"

"왜?"

묻는 곤의 음성이 탁했다.

경석이 목욕 봉사는 벌써 4주째로 접어들고 있었다. 경우가 처
음에 말한 기한이 꼬박 한 달. 약속한 대로라면 한두 번만 더 경석
이를 씻기면 이번 주 안에 봉사가 끝날 수 있었다.

그런데 경우는 도통 말이 없었다. 아버지 얘기도 전혀 하지 않
고, 경석이 목욕만 끝나면 곤을 휘이휘이 쫓아내었다. 곤이 아버지
의 귀가 날을 물을까 봐 지레 피하는 눈치였다.

경우는 선불만 제때 챙겨 주었는데 그것도 왠지 건성이었다. 입
맞춤은 늘 번갯불에 콩 볶아 먹듯 짧았다. 곤이 당황스러울 만큼
거침없었던 키스는 갈수록 후퇴했다. 마지막 키스는 아예 소꿉장
난 수준이었다.

그 바람에 곤의 맥이 탁 풀렸다. 인터넷에서 프렌치 키스를 잘하
는 법도 검색해 뒀건만 심도 있게 연구한 걸 쓸 기회가 없었다.

경우의 키스가 성의 없어진 건 대략 그녀의 쇄골을 만진 후부터

였다.

'완전 낚였어. 선불이니 뭐니 하면서 사람 들뜨게 해 놓고선 내가 경석이 때만 열라 벗기게 만들고 버릴 셈인 거야. 잔머리에 도가 튼 계집애.'

곤은 분통을 삭였다.

공모전 사진 마감일이 8월 중순이기에 여름방학엔 온전히 사진에만 매달려야 했다. 청소년 사진 공모전은 곤에겐 한 해에서 가장 의미가 있는 행사. 참가하기로 한 이상 대충 할 수가 없었다.

'구도부터 인물, 주제, 분위기. 그 어느 하나도 소홀하지 않는 사진을 찍어야지.'

곤의 이상은 높았다.

'설마 경석이 목욕을 방학까지 질질 끌 생각은 아니겠지? 오늘 꼭 물어봐야겠어.'

마침 오늘이 약속한 날이라 곤은 경우와 담판을 지을 결심을 했다.

"비염인가. 참말 이상하네."

다시 희대가 코를 싸잡았다.

"코 막혔겠지. 이비인후과 가 봐."

핀잔을 주고선 곤은 손부채를 파닥파닥 부쳐 댔다.

짜증의 원인이 길어질 목욕 봉사 때문인지. 아니면 짧아진 경우의 선불 키스 때문인지. 오락가락하다.

"저 새끼 몸에서…… 꽃향기가 나!"

코를 간질이는 냄새의 근원지를 찾은 희대가 손가락으로 경석을 가리켰다.

경석은 교과서를 펴 놓고 다소곳이 앉아 있었다. 그는 책엔 집중하지 못하고 눈동자만 뱅글뱅글 돌렸다. 와자지껄 떠드는 애들 무리를 보았다가, 칠판도 보았다가, 창문도 보았다. 심심하면 제 손가락을 잡아당겼다가, 엉덩이를 들썩이면서 허벅지를 긁적였다. 뒤숭숭한 움직임이 무한 반복되었다. 누가 교육을 시켰는지—아마도 경우려나—의자에 붙어 있긴 하나 행동이 참으로 산만했다.

'당연하지. 내가 얼마나 심혈을 기울여서 닦아 주는데. 구석구석……'

우쭐해졌다. 그러나 곤은 표정을 용케 흐트러뜨리지 않았다. 요까짓 일로 우쭐해지는 일조차 위험했다. 경석 남매에게 영원히 코 꿰이는 건 절대 사절!

"모처럼 씻었나 보지."

"흐음. 한 번 씻는다고 음식물 쓰레기 냄새가 꽃향기로 바뀌어?"

입에 올릴 화젯거리가 없는지 희대가 경석을 끈질기게 물고 늘어졌다.

"몰라. 신경 꺼."

"참, 나 효진이한테 웃긴 얘기 들었다?"

곤이 시큰둥해도 희대는 입담을 술술 풀어 갔다.

"어젯밤에 효진이랑 톡 했거든. 비밀이라고 말하지 말라고 신신당부했지만 너니까 얘기해 줄게. 그 반에…… 경석이 여동생이 있대."

"뭐?"

소스라친 곤의 눈에 푸른 심지가 일렁였다. 그러자 희대가 더욱 흥이 나서 떠들었다.

"너도 모르는구나. 근데 그 애가 효진이 중학교 동창이래. 그 학교 졸업한 애들 몇 명 없잖아."

"그래서?"

"중딩 때 경석이가 수업 중에 오줌을 쌌는데, 하필 특수 샘이 없어서 옆 반의 여동생이 뛰어와서 경석일 직접 화장실로 데려갔대. 남자 화장실에!"

희대의 눈알이 밖으로 덱데굴 굴러 나올 듯 커졌다.

"그 뒤로 소문이 파다했나 봐. 여동생이 오빠 팬티까지 손수 갈아입혀 준다고 말이지. 목욕도 같이 하고 한 이불에서 어쩌고……. 걔가 누군지 궁금하지? 나중에 효진이 반에 구경 갈까? 겸사겸사 해주 얼굴도 보고……."

"닥쳐. 뭐 좋은 일이라고 구경을 가!"

홧김에 소리치는 곤의 목이 콱콱 잠겼다.

몰랐던 경우와 경석의 이야기. 그들 남매의 이야기는 희대의 값싼 입을 통과하며 자극적인 가십거리로 변해 갔다. 경우가 누런 남자 소변기 앞에서 묵묵히 경석의 팬티를 내리는 장면. 또 복도에서 경석을 부축하며 걷는 그녀를 아이들이 손가락질하는 장면이 뭉게뭉게 떠올랐다.

곤의 위장이 버글버글 들끓었다. 살아서 꿈틀대는 바퀴벌레들을 한입에 꿀꺽 삼킨 듯 불쾌했다. 동시에 심장이 가리가리 뜯겨 나가는 듯 쓰렸다.

불과 한 달 전에 이 소문을 들었다면 틀림없이 희대와 함께 경석을 비웃었을 터다. 지금은 헛웃음조차 나오지 않았다.

'젠장!'

곤의 심장이 거세게 맥동했다. 마치 심장이 눈물을 울컥 쏟아 내는 듯이. 조용히 그리고 아무도 모르게.

"귀찮음 말지 왜 역정을 내. 근데 경석이 동생 이름이 경우라던가. 얼레, 경우? 어디서 들었는데?"

희대가 고개를 갸우뚱했다.

그는 곤의 전화번호를 따기 위해 교실에 찾아온 경우를 본 적이 있었다. 잠깐 스쳐 지나간 그녀의 이름까진 기억하진 못했다.

"비밀이라며? 나한테 왜 말해."

곤은 붉어진 눈동자로 희대를 노려보았다. 경우에 대한 이야기라면 차라리 몰랐음 좋았을걸.

"재밌으라고……."

곤의 타박에 희대가 머쓱하여 우물거렸다.

"재미없다고, 씨발!"

곤이 이를 빠득 갈았다.

그때였다.

멍멍히 있던 경석이 불현듯 곤을 쳐다보았다. 그는 의자에서 벌떡 일어나 히죽이 웃었다. 옹알이하듯 한마디를 내뱉었다.

"고, 곤…… 이다."

더듬거리는 데다 목소리가 모기 소리처럼 작았다. 그래도 이름을 불린 사람은 금방 알아채는 법.

'경석이 너까지 왜 안 하던 짓을 해. 저리 가, 쳐다보지 마!'

소스라친 곤은 냉큼 그를 외면하고서 책상에 상체를 납작 붙였다. 이미 희대에 대한 분노는 바람 빠진 공마냥 쭈그러들었다.

경석이는 주로 특수반 교실인 천사반에서 머문다. 교실에 와도 걸상에 엉덩이만 걸쳤다 가는 게 고작이다. 그런 그가 뜬금없이 알은체를 하니 곤의 등골이 써늘해졌다.

'오지 마라. 말 걸지 마라.'

곤은 필사적으로 빌었다.

경석과 곤. 두 소년은 이제 색다른 관계로 얽혀 있다. 목욕사와 손님이라는 꽤 심오한 관계로.

'그놈의 목욕 봉사 얼른 끝내야지, 으휴.'

"저 새끼 우리 쳐다보는 거 맞지?"

경석의 돌발 행동에 희대가 흥미로워했다.

"니가 자꾸 쳐다보니까 그렇지. 그만 봐."

"어어, 곤. 저 새끼 우리한테 걸어온다!"

희대가 경석의 움직임을 발 빠르게 생중계해 주었다. 마지못해 힐끗하다가 곤의 얼굴색이 백지장마냥 허옇게 질린다.

경석은 장맛비에 도로로 기어 나온 대왕 지렁이마냥 느릿느릿했다. 뒤엉킨 책걸상들의 미로를 헤치면서 오로지 곤을 정조준하고서 걸어왔다. 그 비장한 모습이 얼핏 굶주려 지친 좀비를 연상시켰다.

'저 새끼가 기어이!'

두근두근, 곤의 심장박동이 빨라지기 시작했다!

경석과의 거리가 좁혀질수록 심장이 덜거덕거리며 발광했다. 하루 심장박동 수인 8만 회를 한꺼번에 몰아 쓰는 느낌이었다.

절체절명의 위기감이 솟구쳤다. 곤은 이대로 경석과 조우해선 안 됐다. 경석과의 비밀이 탄로 나면 교실의 조롱거리가 될 터였다. 한번 붙은 꼬리표를 떼기가 얼마나 힘든지 곤은 이미 잘 알고 있었다.

탕탕!

곤이 의자를 세게 밀치고 일어섰다.

"배고프다. 매점 가자."

"에? 점심시간이 고작 5분밖에 안 남았는데?"

"간다."

희대가 투덜거려도 곤은 잰걸음으로 허방지방 교실을 빠져나 갔다.

"음?"

경석은 도중에 어정쩡하게 멈춰 섰다. 시야에 목표물이 없어져 버리자마자 길을 잃었다. 그는 빈 책상에 허탈한 눈길을 주고서 꾸무럭거리며 돌아섰다. 왔던 길을 천천히 밟아서 돌아가기 시작 했다. 유일무이하게 안전한 자신의 의자로, 교실 속의 외딴섬으로.

* * *

경석을 생까 버렸다.

그 죄책감에 곤의 발걸음이 무거웠다. 경석의 집에 도착해서도 울적한 기분은 별반 나아지지 않았다.

보상 심리일까. 오늘 따라 곤은 경석의 목욕에 전력을 쏟아부었 다. 교실에서 곤에게 처절히 외면당했음에도 불구하고 경석은 여 느 때처럼 해맑았다. 곤은 더욱 미안해졌다. 그래서 경석의 넓은 사각 이마가 삶은 달걀마냥 반들반들해질 때까지 때 빼고 광을 내 주었다.

목욕을 끝내자 마당에서 경우가 찬물을 건네주었다. 지친 곤은 가만히 찬물을 들이켰다.

이윽고 경우가 속삭이듯 말하길.

"있잖아. 오빠 목욕…… 2주만 더 해 주면 안 될까? 아빠가 조금 늦으신대. 미안해."

"야! 너무하잖아! 누군 할 일도 없는 줄 알아. 니가 오라면 오고, 가라면 가는 허수아비인 줄 아냐. 처음부터 이럴 생각이었던 거지?"

곤은 바락바락 화를 내었다.

경석에 대한 죄책감, 남매의 요상한 소문, 아무리 머리를 쥐어짜도 안 되는 공모전 사진, 그리고 원치 않는 줄다리기를 하면서 그를 구석으로 몰아 가는 희대와 해주까지.

그 모든 게 짬뽕이 되어서 고막에서 소용돌이를 우웅웅웅 쳐 대었다. 곤은 속수무책. 전부 버겁고 싫다. 도망가고만 싶다.

그는 들판에 선 여린 수숫대처럼 속절없이 흔들렸다. 이리저리 흔들리다가 더한 강풍이 몰아치면 뚝 하고 부러지고 말리라. 센 바람은 가능한 한 피해야만 한다. 그것만이 살 길이다.

"진짜 마지막이야. 2주만 더 해 주면 돼."

예상치 못하게 곤의 반발이 심해서 경우도 크게 당황했다.

"안 해! 못 해! 제발 다른 놈 찾아!"

"사정이 있어서 그래. 이번에 오빠가 체험 활동을 가는데……."

말을 채 끝내지 못하고 경우가 윗입술을 와작 깨물었다. 몹시 초조해 보였다.

"몰라! 약속대로 딱 한 달만 채운다. 이만큼 했음 나도 충분하다고 생각해. 이기적이라고 욕해도 상관없어. 나 원래 이기적인 놈이니까!"

지금 자신이 형편없이 굴고 있다는 걸 곤도 알고 있었다. 한시라도 빨리 경석 남매와의 인연을 가위를 들고서 싹둑 잘라 내고 싶은 마음뿐. 가능하다면 경우를 만나기 전으로 시곗바늘을 되돌리고 싶었다.

경우를 만난 후로 왜 늘 불안한지. 곤은 비로소 그 이유를 깨달았다. 경우는 어디로 튈지 예측 불가능한 존재. 그녀로 인하여 그럭저럭 평온하던 자신의 삶이 와르르 무너져 갔다. 그에게 경우는 대지진이다. 산사태, 가뭄, 홍수다.

곤의 인생에 지진은 단 한 번으로 족했다. 지진에서 살아날 단한 번의 운도 이미 써 버리지 않았는가. 이젠 그 어떤 종류의 재해가 들이닥쳐도 당할 것이다. 그러니 무조건 피하자 싶었다.

"됐어. 내가 알아서 할게. 원래…… 내 몫이었으니까."

드디어 경우가 그를 포기해 주었다. 푹 수그린 턱 끝에 체념의 빛이 서렸다.

"이건 마지막 선물이야."

별안간 그녀가 발돋움했다. 두 팔로 곤의 목을 꽉 끌어안았다.

곤은 안심하다 말고 어리벙벙하게 딸려 갔다. 뭉클, 두 개의 입술이 강하게 부딪히며 같은 극의 자석마냥 서로를 밀어내었다.

그의 눈썹 산이 뾰족뾰족 올라갔다. 경우의 입에서 비릿한 피 맛이 풍겼다. 방금 전에 입술을 깨무는 바람에 밴 피려나. 덩달아 그의 입에서도 피 맛이 났다. 경우가 흘린 피가 그에게로 옮겨 왔다.

곤의 심장에서부터 뜨끈하고 아찔한 기운이 퍼져 나갔다. 거대한 박하사탕을 목구멍에 처박거나 나프탈렌 덩어리를 집어삼킨 듯 목구멍이 화끈화끈 타들어 갔다. 근육들이 찌르르 울리고, 망치로 얻어맞은 듯 정수리도 쭈뼛쭈뼛해졌다. 다리 사이로 펄펄 끓는 물이 흘러가는 느낌이었다.

곤은 저도 모르게 경우의 허리를 꽉 안아 버렸다.

그러자 경우가 팔을 홱 풀었다. 잡은 물고기를 키우지 못해 변기에 흘려 보내는 것마냥 그녀는 곤을 자유롭게 방생했다.

"어어."

큰 상실감에 곤이 휘청거렸다. 매번 키스―사실 뽀뽀에 더 가까운 입술 접촉―가 끝나면 그랬으나, 지금의 상실감과는 비교도 되지 않았다. 며칠을 내리 굶은 듯 허기가 졌다. 빈 위장엔 찬기만 헛돌았다.

"우리 오빠 씻기느라 수고 많았어."

웃는 건지 우는 건지. 경우는 묘한 미소를 흘렸다. 모나리자 같은 미소를.

"가라."

경우의 음성이 너무도 달달하고 인자했다. 하마터면 곤은 왈칵

눈물이 나올 뻔했다.

"가."

경우는 한 번 더 고요히 되뇌었다.

"……미안."

곤은 그길로 경석의 집을 뛰쳐나왔다. 한 번도 뒤돌아보지 않고 눈썹이 휘날리도록 고갯길을 달음박질쳐 내려갔다.

'희대가 아냐. 또라이는…… 나다!'

뜨거운 울음이 그의 명치까지 쏟아졌다. 곤은 자신의 비굴함이 참을 수 없었다.

비밀이야

다음 날.

곤은 온종일 넋이 나가 있었다. 학교에 등교하고, 수업 듣고, 점심 먹고, 이따금 희대의 수다에 고개도 끄덕거리고 있긴 하나 그건 일상에 젖은 조건반사적 행위에 불과했다.

그의 시선이 경석의 자리로 나풀나풀 날아갔다. 경석이 천사반에 가서 책상이 비었다. 곤은 그 점이 고마우면서도 꺼림칙했다. 자신이 무시한 바람에 경석이 교실로 돌아오지 않는 듯 느껴져서. 죄책감이 계속해서 허공과 발밑과 창문가를 잠자리마냥 맴돌았다.

'구역질 나는 새끼. 인간 쓰레기.'

자책감에 두 뺨이 울긋불긋해졌다.

이틀 후가 마지막 목욕 날. 그 목욕이 끝나면 더는 경석이 남매와 엮일 필요가 없다. 아마도 영원히.

'이걸로 된 거야. 그 동네엔 가지도 말자.'

그러고선 또 변명하길.

'꼴같잖게 착한 척해 봤자 부질없어. 그거 몇 번 했다고 진짜 경우랑 사귈 것도 아닌데. 주민센터 사회복지사도 못 하는 일을 내가 어쩌자고……. 경석인 불쌍하지만 내가 바꿀 수 있는 건 없어.'

경석 남매완 상관없이 곤의 여름은 매 순간 유유히 흘러갔다. 학교는 하품 나게 지루하고, 희대는 유쾌 발랄하게 떠들고, 반 친구들은 부모님 몰래 본 야동 얘기로 불타는 청춘을 달랬다.

경우로 인해 곤의 심장이 욱신거리는 증상이 심해졌다 해도 그뿐. 어차피 심장을 열어 치료할 수도 없었다. 작은 생채기는 내버려 두면 저절로 치유된다. 까진 부위에 피가 멎고, 거뭇거뭇한 딱지가 생긴 다음에 새살이 돋는다. 그때까지 가만가만 기다리면 될 일이다. 자연의 복원력은 실로 위대할지니!

* * *

종례가 끝나자마자 곤이 가방을 챙겨 들었다. 학교에서 어슬렁대다가 경우와 마주칠 가능성을 낮추기 위해서다.

그런데.

"곤! 어디 가?"

하필 교문에서 해주와 마주쳤다. 웬일로 혼자인 그녀는 곤을 보자마자 노란 병아리처럼 쪼르르 다가왔다.

"집에."

곤은 무덤덤했다. 경우만 아니라면 누구든 상관없었다.

"너 일신아파트 산다고 했지? 난 옆에 줄리아나. 아침에 버스 타고 오는데 넌 안 보이더라?"

해주가 큰 눈을 동그랗게 굴리며 물었다.

"걸어 다녀. 콩나물시루 버스 타는 것도 싫고 운동 겸해서."

"오늘도 걸어가려고?"

"응."

"오케이. 그렇담 나도 모처럼 걸어갈래."

해주는 서슴없이 길동무를 자처했다. 곤도 기꺼이 그녀를 받아들였다.

"그 사진 출력해서 내 방에 붙여 놨어!"

그녀가 쑥스럽게 운을 떼었다.

"그래?"

첫 출사에서 찍은 사진은 그날 해주에게 전송해 주었다. 그녀는 고맙다고 짤막하게 답장했다.

"후, 덥다, 그치?"

해주가 손으로 블라우스 깃을 잡고서 펄럭였다. 뜨거워진 살갗을 식히려고.

벌어진 옷깃 틈새로 핑크색 브래지어 끈이 보였다. 하물며 그 핑크색 끈에 앙증맞은 프릴과 리본이 달렸다. 불과 몇 초. 그 짧은 찰나에도 사람의 시력은 얼마나 많은 것을 포착해 낼 수 있는가. 새삼 탁월한 자신의 시력이 존경스러워지는 곤이었다.

한데, 곤의 시선을 빼앗은 건 속옷이 아닌 해주의 쇄골이었다. 그녀의 쇄골은 하얀 속살에 싸여 능선이 둥그스름하고 낮았다.

'다른 건 몰라도 쇄골은 경우가 짱이네.'

퍼뜩 든 생각에 스스로 황당했다. 두 소녀를 놓고서 별스러운 걸 비교하고 있으니.

"아 참, 그 기사 봤지. 새벽에 아파트가 흔들린다고 주민들이 대피하고 난리도 아니었나 봐."

해주가 새로운 화젯거리를 꺼내었다.

그러지 않아도 곤은 그 뉴스라면 넌더리가 났다. 그 때문에 아버지에게 밤새 시달렸기 때문이다.

어제 새벽. 아버지가 갑자기 집으로 한달음에 달려왔다. 그는 곤히 자는 아들을 두들겨 깨워서 나가자고 계속 닦달하다가, 지진이 아니라 낙후된 그 아파트 건물이 문제였다는 뉴스를 듣고서야 긴급 피신용으로 싸 둔 트렁크를 다시 내려놓았다.

잠을 통째로 빼앗긴 곤은 아침 내내 비몽사몽이었다. 한반도 땅이 아니라 자신의 두개골 안에서 지진이 발생한 듯 골이 아렸다.

"뭐만 하면 지진 탓이래. 일본은 섬이니까 가라앉았지만 우린 반도잖아. 지진이 온다는 징조도 없는데 자라 보고 놀란 가슴 솥 뚜껑 보고 놀란다고 우리나라 사람들은 너무 야단법석이야."

그녀의 볼멘소리에 곤은 가볍게 맞장구칠 수가 없었다. 10년간 조용했고 지진의 징후가 전무하다. 지진이 없다고 잘 살고 있는 건가? 모르겠다. 곤은 오묘한 감정에 휩싸였다.

'나 괜찮은 건가? 괜찮게 살고 있는 건가?'

고심하는 그의 표정을 보면서 해주가 계면쩍게 덧붙였다.

"저기. 실은 입학하자마자 호기심에 교실에 너 보러 간 적 있어. 어릴 때 니가 나온 방송 기억하고 있었거든. 하도 니가 이상해서 말이야."

"이상하다니?"

"사람들이 행운아라고 시끄럽게 치켜세워 주는데 넌 카메라 앞에서 잔뜩 긴장해 있는 거야. 당장 울 듯한 표정으로. 좀 안타깝다고나 할까. 그래서 쟤 괜찮을까 걱정됐는데 지금이라도…… 니가 무사히 잘 큰 거 보니까 좋아. 안심이 돼."

곤은 그녀를 응시했다.

해주의 얘기가 놀라운 한편 고마웠다.

우선 그녀는 곤이 세븐 보이라는 걸 알면서도 그 '세븐'을 꺼내지 않았다. 단 한 번도! 또한, 곤을 단순히 천운을 타고난 사람으로 매도하지 않고 나약한 한 사람으로서 걱정해 주었다. 그를 부담스럽지 않게, 편안하게 대해 주는 해주. 경우랑은 정반대다.

"걱정해 줘서 고마워."

곤은 감격했다.

서로 통한다고 느꼈는지 해주도 그윽한 엄마 미소를 지었다. 그 표정이 더없이 안정적이고 평화롭다.

"뭘. 난 지진 때문에 고생한 적도 없고, 니 마음을 어떻게 알겠어. 내가 너처럼 혼자 땅속에 갇혔다면 무서워서 바로 죽어 버렸을 거야."

"해주 너는…… 여유롭구나."

속말을 툭 내뱉다 말고 곤은 팔에 소름이 오소소 돋는 걸 느꼈다.

경우도 그에게 그리 말했지 않는가. 비로소 곤은 그 '여유롭다' 란 의미를 알 듯 말 듯 했다.

과연, 그 여유로움이 해주의 쇄골을 모나지 않게 다듬어 준 걸까.

그에 비해 블랙 로드의 파편마냥 뾰족뾰족 불거져 나온 경우의 쇄골이 안타까웠다. 그녀는 여유롭지 못했다. 늘 외롭고 위태로워 보였다. 매몰된 굴속에 누워 1초마다 지진이 다시 올까 불안감에 떨던 일곱 살의 자신처럼.

머지않아서 두 사람은 화이트 로드로 접어들었다.

새로 닦인 흰 길과 대비되어 울타리 밖 진흙땅은 몹시 우중충

했다.

"왜 저길 내버려 두는 걸까? 새로 싹 뜯어고치면 될 텐데. 공원이나 유원지로 만들면 이미지도 바뀌고 좋잖아."

해주가 차분한 어투로 읊조렸다. 대부분의 주민들이 그리하듯 그녀도 이 땅을 하루라도 빨리 제거되어야 할 대상으로 여겼다.

"언젠간 바뀌겠지."

곤은 두 눈동자를 얼른 아스팔트로 메다꽂았다. 불길한 검은 땅을 외면해 버렸다.

"공모전 사진은 안 찍어? 마감일이 가까워 오잖아."

해주는 그에게 궁금한 게 많았다.

"그게 테마를 못 정해서……."

곤은 울적하게 대꾸했다. 이러다 출품도 못 하는 건 아닌지. 갈수록 조급증이 일었다.

공모전엔 두 장의 사진 파일을 보내야 한다. 구체적인 지침은 없으나 그 두 장의 사진이 영속성과 통일성을 가지는 건 기본이다. 막막하다. 대체 청소년의 어떤 인간적인 특성을 부각해야 할지. 여전히 오리무중인 곤이었다.

"쉽잖아. 난 벌써 주제 정했는걸."

해주가 찡긋 윙크했다.

"뭔데?"

놀란 곤이 재빨리 물었다.

"사랑."

"사랑?"

"응. 풋풋한 사랑에 관한 사진을 찍으려고……. 첫사랑이야말로 십 대 청소년의 전유물 아니겠어. 로미오와 줄리엣처럼 말이야."

해주는 들떠서 목청을 높였다.

사랑이라니.

주제가 식상해서 김이 팍 빠진다. 곤은 좀 더 특별한 테마를 찾고 있다. 단박에 심사 위원들의 이목을 확 끌 수 있는 한 컷을.

"어떤 장면을 찍을 건데? 두 사람이 마주 보는 전신 컷? 아니면 얼굴의 감정 변화? 음, 교복 입은 애들 둘이서 해 질 녘에 손잡고 가는 그런 사진?"

실망감을 감추고 곤은 성의 있게 묻는다.

"쉿. 비밀. 전부 말해 버림 재미없잖아. 찍으면 보여 줄게. 학원 시간 늦겠어. 뛰자!"

해주는 깔끗하게 눈꼬리를 올렸다. 당장 곤을 추월해 뛰어가기 시작했다.

"그래, 보여 줘."

곤은 억양 없이 그녀를 향해 외쳤다. 어쩐 일인지 해주가 찍을 사랑 사진은 설레지 않았다. 정말로.

＊ ＊ ＊

이틀 뒤 저녁이었다.

마침내 마지막 목욕. 그 부담감에 곤은 약속 시간을 칼같이 지켜 경석의 집에 도착했다.

오늘 더위는 상상을 초월했다. 아침부터 더위를 먹고 길에서 픽픽 쓰러진 노인들의 기사가 심상치 않게 올라왔고, 기온은 쑥쑥 올라 온도 그래프의 최고점을 찍고 있었다. 해가 떨어져도 온도는 떨어지지 않았다. 곤이 눈썹만 까딱해도 땀이 두 드럼 쏟아졌다.

평소엔 미지근한 물에 환장하는 경석조차도 얼이 빠져 있다가, 곤이 찬물을 부어 주자 겨우 생글거렸다.

"덥다 더위!"

도중에 곤은 욕실 문을 활짝 열어 젖혔다. 안방의 선풍기를 욕실 문간으로 이동했다. 야속하게도 선풍기 효과는 미미했다. 낡은 선풍기 날개가 팽팽 돌아가면서 후덥지근한 공기만 흘러나왔다.

찰박찰박, 곤은 찬물에 세수하여 침몰하는 정신을 억지로 깨웠다. 그러곤 손에 낀 때수건으로 경석의 등을 박박 문대기 시작했다.

하필 샴푸까지 동났다.

"제기랄."

곤은 샴푸 통의 마개를 열고, 샴푸 통의 엉덩이를 신경질적으로 두드렸다. 겨우겨우 바닥에 남은 마지막 한 방울까지 짜내서 경석이 머릴 감겼다.

찬물 세례에도 오래가지 않아 금세 다시 정신이 흐려졌다. 당장이 한증탕을 뛰쳐나가 냉동실에 머리통을 드밀고 싶은 충동이 일었다.

그래도 곤은 오늘이 마지막이니까 하면서 참았다. 유종의 미를 거둬야 오늘 밤 두 발을 뻗고 잘 수 있으니까. 죄책감은 여전히 그의 심장 모서리를 갉고 있었다. 당분간은 경석이 남매로 인해 구멍 난 가슴을 메울 수 없을 듯. 그래도 그게 어딘가. 큰 구멍이 아니라 단춧구멍 하나쯤으로 끝날 수 있잖은가. 더한 죄를 짓고서 심장에 구멍이 숭숭 난 죄인들도 콩밥만 잘 먹고 살아가지 않나.

"진짜 좋이다, 인마!"

이윽고 곤이 마른 수건으로 경석의 어깨를 후려쳤다.

팡!

그 소리가 경쾌, 호쾌, 통쾌했다.

"좋이다?"

얼레. 경석이가 물었다. 몰라서 묻는 건지 그저 곤의 말을 앵무새마냥 따라 한 건지. 코끝에 땀과 섞인 물방울들을 매달고서 쳐다보는 표정이 맹맹했다.

"그간 널 씻기느라 내 청춘을 허비했지. 엉아한테 엎드려 감사해라, 자식아."

실제론 경석이 쪽이 두 살 형인데도 곤은 목을 빳빳이 세우고서 자화자찬했다. 금방 그의 인상이 다시 구겨졌다.

"그놈의 대가리는 시도 때도 없이 쳐드냐 쳐들길."

튼실한 허벅지 사이에서 고개를 빼고 있는 작은 경석이. 그것이 고개를 요염하게 끄덕이며 주인도 해 주지 않는 고별 인사를 했다.

"기분 졸라 구리니까 함부로 느끼지 말랬지. 너 아무 때나 벌떡 서는 그 버릇 안 고치면 언젠가 쇠고랑 찰지도 몰라. 알아듣냐, 경석아?"

오늘만은 경석에게 살갑게 대해 주려고 다짐했건만 곤은 또 그에게 윽박질렀다.

"니가 뭘 알겠냐. 가서 옷이나 입어!"

포기한 곤은 벌거숭이 경석을 욕실 밖으로 몰아 나갔다.

경석이 팬티를 엉거주춤 잡아 올리자 곤은 중문을 열고 마당으로 나왔다.

그는 주춤주춤 섰다. 목욕이 끝날 때면 의례히 경우가 물과 아이스크림이 든 쟁반을 들고서 마당에서 그를 기다렸다. 한데, 마당이 텅 비었다. 경우가 없다.

"어이! 끝났으니까 나 간다?"

곤이 크게 목청을 돋우었다.

웬걸. 묵묵부답이었다.

그는 무작정 눈을 마당 이곳저곳으로 돌려 보았다. 중문 옆 파란색 플라스틱 의자 위에 쟁반이 보였다. 쟁반 속엔 얼음 조각들이 동동 뜬 보리차와 초코 맛 아이스크림이 있었다. 경우가 그의 눈에 잘 띄도록 둔 것이었다.

저벅저벅.

곤은 즉시 의자로 가서 아이스크림을 만져 보았다. 아이스크림은 충분히 차가웠다. 보리차가 든 컵에는 얼음이 반쯤 녹은 채로 이슬이 방울방울 맺혔고.

'방금 나갔구나.'

섭섭했다. 경우는 일부러 그를 피한 것이었다.

'꼭 이렇게까지 해야 해? 평범하게 굿바이 인사라도 하면 안 되는 거야? 정말 양심이라곤 약에 쓸래도 없잖아. 한여름에 사람을 막 부려 놓고서…… 싹퉁머리 없는 계집애!'

열이 뻗친 곤이 애꿎은 입술을 잘근잘근 짓씹었다.

한 달간 경석이를 열심히 목욕시켰다. 날짜를 어기거나 중도에 포기하지도 않았다. 그럼에도 뿌듯하긴 개뿔, 변소에서 똥 싸다 억지로 끊고 나온 듯 기분이 찜찜했다. 경우의 칭찬을 받자고 시작한 일은 아니나 그녀가 없으니 모든 게 허무해졌다.

곤은 한입에 보리차를 꿀떡꿀떡 마셨다. 보리차를 깡그리 비워 내도 그의 갈증은 전혀 해소되지 않았다. 아이스크림을 들다 말고 곤이 벌레를 쫓아내듯 아이스크림을 탁, 내팽개쳤다. 고맙다는 인사도 없이 내빼 버린 경우가 얄미웠다.

경석이 집을 나서기 직전, 그는 유리문 바로 아래 덩그러니 섰다. 유리문은 등이 있는 집과 어두운 마당을 가르는 경계였다.

넓은 어깨에 어둠과 빛이 앞뒤가 다른 이중 망토처럼 걸쳐졌다. 곤은 경석이가 있는 안방을 돌아보았다. 부스럭부스럭. 그가 움직이는 소리가 들렸다.

이번엔 마당으로 시선을 돌렸다. 목구멍이 턱 막혔다. 마당엔 짙은 어둠이 숨은 괴물처럼 도사리고 있었다.

"씨, 나 진짜 간다."

곤은 투덜거리면서 한 발을 내뻗었다. 마당을 뒤덮은 암연(暗然) 속으로. 경우가 있든 없든 어차피 그는 이 어둠을 뚫고 나갈 것이다. 그리고 다신 이곳으로 돌아오지 않을 것이다.

쾅.

철문이 요동을 쳤다. 곤의 망설임에 마침표를 찍어 준 건 경우가 아니라 대문이었다.

투다다다. 곤은 내리막길을 맹렬히 달려 내려갔다. 이마의 땀방울들이 빗방울처럼 눈가 옆으로 흩날렸다. 숨이 차도 발을 멈추지 않았다. 경석이네 집 마당의 거대한 어둠이 끝까지 쫓아와 덮칠 것만 같아서.

* * *

그 뒤로 일주일이 꼬박 흘러갔다.

내일이면 고대하던 여름방학식이다. 경석은 간혹 교실에 와도 곤의 우려가 무색하게 가까이 오지 않았다. 늘 그랬듯 유체 이탈 상태로 교실의 유령처럼 떠돌 뿐.

곤은 슬슬 마음을 놓았다. 요대로 경석과 멀어져 자신의 위치로 돌아가면 되었다. 경석은 아무것도 이해하지 못하고, 경우는 아무 말도 하지 않으니까 본인만 입을 열지 않는다면 괜찮았다. 아무도 모른다. 경석의 몸에 잠깐 꽃향기를 불어넣어 준 비밀의 목욕사가 있었단 사실은.

땡땡땡.

6교시 수업 종이 시끄럽게 쳤다.

"엇, 해주 반이다!"

희대가 반색하며 창문을 열어 젖혔다. 뒷자리의 곤도 고개를 쭉 빼서 바깥을 쳐다보았다. 체육복 차림의 6반 여학생들이 농구 골대 밑에 와글와글 모여 있었다. 해주는 한눈에 띄었다. 그녀는 여자애들 중심에서 까르르 웃고 있었다.

곧 교실에 선생님이 도착하고, 수학 수업이 시작되었다.

그는 선생님이 내준 문제지에 집중했다. 그러다 3번 문제에서 막히자 다시 고개를 슬금슬금 창 쪽으로 돌렸다.

노란 운동장은 여자애들 천국이었다. 그중 반은 농구를 하고, 나머지 반은 농구대 근처 나무 밑에 진을 쳤다. 곤은 망연자실 그들을 훑어 갔다. 무심코 나온 행동이지 딱히 어떠한 목적을 가지고 구경한 건 아니었다.

그때 해주가 튀기던 농구공을 무릎 사이로 흘렸다. 그녀는 공을 따라잡느라 허둥거렸다.

'귀엽네. 뭐든 잘하는 줄 알았더니 운동은 젬병이구나.'

혼자 피식거렸다. 한동안 곤의 시선은 투명한 유리창을 긁어 대며 해주를 따라다녔다. 훔쳐보는 재미가 쏠쏠했다.

그런데 퍼뜩, 곤의 검은 망막 안으로 작달막한 여자애가 걸어 들어왔다.

순식간에 곤의 두 뺨이 확 달아올랐다. 교실 에어컨 바람이 선선한데도 체온이 수직 상승했다.

그의 심기가 극도로 불편해졌다. 멀리서 본 경우는 궁상맞아 보였다. 농구 무리도 나무 그늘 무리도 아니었다. 그녀는 뙤약볕의 직사광선을 정면으로 맞으면서 홀로 스탠드로 자박자박 걸어갔다. 아무도 그녀를 부르지 않았고, 그녀 역시 아무도 부르지 않았다. 경우는 스탠드의 가장자리를 꼭 잡고 앉았다. 스스로 아웃사이더가 되었다.

고대의 화석처럼 딱딱한 표정의 경우. 낯설었다. 곤을 협박하던 발칙한 모습이 상상이 안 될 만치 열정도 패기도 증발하고 없었다. 사람을 피해 껍데기로 들어가려는 소라처럼 허리를 동그랗게 구부리고만 있었다. 경우는 프라이팬에서 구워지다가 통 하고 튕겨져 나온 콩 한 알처럼 구슬펐다. 도망치고 싶지만 도망칠 곳도 없는.

'왜 그러고 있냐.'

곤의 눈빛이 먹먹해졌다.

당장 구부린 그녀의 등짝을 후려치며 다그치고 싶은 충동이 일었다. 어서 친구들 무리로 파고들라고, 괜히 동정심을 부추기지 말라고, 그래 봐야 난 너에게 더는 해 줄 게 없다고.

'불쌍한 척하지 마. 너만 힘든 줄 알아? 다들 그래. 학교서 살아남으려고, 따 당하지 않으려고 죽어라 피똥 싸고 있거든.'

곤은 경우의 고독에 동화되지 않으려고 안간힘을 썼다.

학교란, 교실이란 그런 장소다. 모두가 속하되, 또 모두가 영원히 속해 있을 수 없는 곳이다.

'만만해 보이니까 너도 날 이용해 먹었지? 호구 짓은 관뒀다. 니가 뭘 하든 이젠 나랑 상관없어.'

처량한 경우에게 심통이 났다. 동시에 부글부글, 밑바닥에 가라앉아 있던 앙금이 수면 위로 떠올랐다. 흥분, 설렘, 분노, 의아함, 불신, 동정심, 호기심 등등. 곤이 경우에 대해 느끼는 감정은 복잡하고 다양했다. 하나의 단어로만 정의할 수 없는 데다 대부분은 나쁘거나 버거운 감정이다.

'내 눈에 띄지 마. 공기처럼 살라고.'

모진 속말을 끝으로 곤은 눈을 돌렸다. 지금의 자리를 지키려면 경우에게 쏠리는 관심을 잔인하게 끊어 내야만 했다. 그러나 눈동자가 휘리릭 다시금 스탠드 쪽으로 몰렸다.

질량을 가진 모든 물체는 서로를 잡아당기는 힘이 있다. 곤과 경우. 둘에게도 그런 만유인력의 법칙이 유효하게 작용하는 건지도 모른다. 사과가 툭 흙바닥으로 떨어져 버리듯, 기어이 곤은 그녀에게로 이끌렸다. 곤은 나뭇가지 끝에 대롱대롱 매달린 사과였다.

'왜 자꾸 쟤한테 신경이 쓰이지? 짜증 나고 성가신데, 왜?'

곤은 경우에게 무기력한 자신을 저주했다.

'망할 놈의 키스가 문제야. 저런 못난이한테 왜 당해 가지고설랑은⋯⋯.'

깊은 미로 속에 빠진 기분. 곤은 빠져나갈 출구를 찾지 못하고 있었다.

* * *

수업이 싱숭생숭 끝나고, 저녁 급식 시간.

곤은 급식을 게 눈 감추듯 해치우고 희대와 매점으로 향했다.

"여름방학식이 내일인데 오늘도 보충 수업이라니. 우리 학교는

독하다 독해.”

툴툴거리며 희대가 냉동고에서 아이스크림을 집었다. 곤은 조금 망설이다가 딸기 아이스크림을 골라 들었다.

“웬 딸기. 너 초코만 먹잖아?”

희대가 핀잔을 주었다.

“지겨워서 딴 걸로 갈아타려고.”

“후회할걸? 남자라면 초코가 진리지.”

이죽거리면서 희대가 혀로 하얗게 서린 얼음 가루를 핥아 먹었다.

곤은 아이스크림의 붉은색 머리를 덥석 베어 물었다.

새큼하고 얼얼한 맛에 이마를 찡그렸다. 차가움에 뇌가 찡해져도 참고서 딸기 아이스크림을 우걱우걱 씹었다. 이것도 맛있어, 쉼 없이 스스로를 세뇌하면서.

경우는 능력자다. 안녕하던 곤의 입맛까지 버려 놓았다. 그녀는 경석을 씻겨 준 대가로 뽀뽀와 초코 아이스크림을 주었다. 그러므로 초코는 이제 뽀뽀와 동급이다. 진갈색 초코 포장지만 보아도 그녀의 보드라운 입술 감촉이 떠오르니까.

초코는 경우처럼 피해야 할 대상이다. 달달한 독이다. 그럼에도 여전히 먹고 싶은 게 초코라니. 아뿔싸.

‘딸기는 틀렸어. 다음엔 메론?’

곤이 고민하며 교실로 돌아가던 중이었다.

"떨어져, 병신아!"

복도에서 같은 반 현식이 고함을 빽 질렀다. 그가 호통친 대상은 바로 경석이었다.

"흐윽."

아영이 울먹이며 현식에게 찰싹 달라붙었다. 현식과 아영. 둘은 학교의 공식 커플 중 하나로 교내서도 거리낌 없이 손을 잡고 다녔다.

"멍충이 새끼가 어딜 만져?"

아이들이 몰려들자 현식은 신난듯 목청을 높였다.

복도를 걷다가 아영과 경석이 부딪혔는데 공교롭게도 경석의 손이 아영의 엉덩이에 닿은 거였다.

"아아……."

경석이 겁에 질려 어물거렸다.

그러자 다시 아영이 히스테릭하게 비명을 질렀다.

"꺄악!"

"왜 그래?"

놀란 현식이 여친을 살피며 자지러지는 이유를 캐물었다.

"그게……."

아영이 주저하며 손으로 뭔가를 가리켰다. 그녀의 손이 향한 곳은 공교롭게도 엉거주춤하게 벌린 경석의 두 다리 사이였다.

"이 새끼가!"

현식의 눈동자에 핏발이 섰다. 곤도 눈동자를 둥그렇게 키웠다. 경석의 바지 앞섶이 불룩했다! 시도 때도 없이 벌떡벌떡하던 경석이 결국 일을 냈다. 그 타이밍조차 절묘하게 나빴다.

'또. 경석아, 내가 제발 조심하랬잖니.'

가서 경석이를 호되게 꾸짖고 현식에게서 빼내 줘야 했다. 그러나 곤은 두 발에 뿌리가 내린 듯 꼼짝하지 못했다.

현식의 눈동자가 희번덕희번덕 돌아갔다. 그는 복도로 몰려든 아이들 모두에게 들리도록 악을 써 대기 시작했다.

"등신 주제에 지금 내 여친 보고 꼴려서 개수작이야. 더럽게!"

"경석이가 모자라잖냐. 니가 참아."

주변의 남자애들이 피식거리며 그를 만류했다.

"경석아, 뭐 하냐. 실수했음 얼른얼른 사과해야지, 엉?"

여자애들을 의식한 희대도 짐짓 점잖게 한 소리를 던졌다.

곤은 더욱 주춤했다. 경석을 도와줄 기회를 뺏겨 버렸다.

"흐으……"

경석이의 이마에서 식은땀이 주르르 흘러내렸다. 그는 현식이 화내는 이유를 이해하지 못한다.

"병신 새끼. 조절이 안 되면 집 구석에 쭈그러져 있지, 왜 나와서 돌아다녀!"

분노의 화신이 된 현식이 한 팔을 높이 치켜들었다.

"우."

경석은 퍼렇게 질린 채로 두 팔로 머리통을 감쌌다. 바지 앞섶을 뚫을 만큼 솟구쳤던 그의 심볼은 차츰차츰 꺼져 들어갔다.

상황은 이미 엎질러진 물. 여자애들은 경악한 눈동자로 경석의 바지를 가리켰고, 남학생들도 낄낄대며 그를 감상했다.

그때였다.

경석의 바지 중간에서 누런 물이 뚝뚝 떨어지기 시작했다.

"윽, 이 새끼 지렸어."

모여든 아이들은 홍해마냥 두 편으로 쩍 갈라졌다. 행여 경석의 오줌이 튈까 봐 멀찍이 피했다. 그러는 바람에 복도의 소란이 가중되었다.

"특수 샘을 부르든가 이 새끼 좀 데려가!"

누군가 외쳤다. 그런다고 누렇게 번져 가는 오줌 웅덩이를 치우거나, 경석을 데려가려고 나서는 사람은 아무도 없었다.

"오줌 묻겠다. 저리 가."

현식이 질린 얼굴로 경석의 어깨를 떠미는 순간이었다.

"놔둬!"

앙칼진 목소리가 북적북적한 아이들 틈을 비집고 날아들었다.

"넌 뭐야?"

현식이 깜짝 놀랐다. 웬 여자애가 비호같이 나타나 그를 노려본 것이다.

"안 들려? 귓구멍에 오이라도 박았니. 우리 오빠 건드리지 말란 말이야!"

경우였다. 그녀는 현식에게 사납게 쏘아붙이고선 경석의 팔을 잡아당겼다. 오줌이 튀든 말든 개의치 않고 그를 가까이 품었다.

한없이 추락하던 경석의 고개가 들렸다. 세상에서 제일 든든한 지원군이 나타난 거다.

"오빠, 가자. 천사반에 데려다줄게."

그녀는 계단으로 경석을 이끌고 나갔다. 경석이 한 발 한 발 뗄 때마다 젖은 바짓단에서 오줌 방울들이 뚝뚝 떨어졌다. 바닥의 나뭇결 위로 동그란 점들이 이어지며 작고 기다란 징검다리를 만들어 갔다.

"이크."

아이들은 오줌 방울을 디디지 않으려 펄쩍대며 교실로 쏙쏙 들어가기 시작했다.

"아 씨, 지린내!"

희대가 코를 그러잡았다.

곤은 경석의 오줌 방울을 멀거니 바라보았다. 닦을 필요도 없었다. 나무 바닥이 오줌 징검다리를 흡수하고 있었다. 곧 수많은 실내화 밑창들이 바닥을 짓이길 테고, 오줌 자국도 흔적 없이 흐려질 터였다. 경석의 실수는 그 오줌 방울들과 함께 나무 패널 아래로 녹아들 것이다.

또한 찜통 욕실에서의 목욕 봉사도 학창 시절의 소소한 추억거리가 될 것이다. 그 일을 안주거리 삼아 소주잔을 기울일 날이 올 것이다. 언젠가는.

'혹시 경석이 기억나? 학교 바보 말이야. 그놈한테 여동생이 하나 있었거든. 경우라고 졸라 못생긴 데다 싸가지 없는 애였지, 근데 어쩌다 일이 더럽게 꼬여서⋯⋯.'

곤은 어서 그런 날이 오길 간절히 바랐다. 희대에게조차 말하지 못했던 그 비밀이 비밀이 아니게 될 날을.

아직 모든 게 비밀인 지금은 아프다. 심장이 신체 일부가 아닌 듯 따로 놀고 있었다.

"소문이 사실인가 봐. 경석이 여동생이란 애⋯⋯."

"무슨 소문?"

복도에 남은 여자애들이 입방아를 찧기 시작했다.

곤은 조용히 귀를 닫았다. 경우는 여전히 굼벵이처럼 느린 경석을 도와주고 있었다.

천천히 그녀가 걸어왔다. 곤을 향해서. 하필이면 계단이 곤의 뒤편에 있었다.

행진

뚜벅뚜벅.

경우가 한 발씩 가까워지고 있었다.

막상 마주치면 어떤 표정을 지어야 할지. 곤의 머릿속이 하얘졌다.

차라리 복도의 소화전이 되어 경우의 눈에 띄지 않고 싶을 뿐이다. 곤의 두 뺨은 빨간 소화전 못지않게 붉어졌다. 민망함과 죄책감이 불씨가 되어 얼굴을 발그스름히 태웠다.

경우는 꼿꼿이 걸었다. 까만 눈동자를 과하게 치켜뜨고서.

경석을 굳세게 붙잡고 걷는 몸짓에 흔들림이 없었다. 그 조그만 몸으로 오빠의 큰 몸을 지탱하는 게 존경스러울 정도였다.

반면에 곤은 쪼그라들었다.

'지금이라도 도와줘야…… 하는 건가?'

심히 번민하는 중에 경우와 덜컥 맞닥뜨렸다.

탁!

경우의 어깨가 곤의 팔뚝에 부딪혔다.

그뿐. 경우는 그대로 그를 지나쳐 갔다. 곤에겐 눈길 한번 주지 않았다. 그는 자신이 정말 소화전이 된 듯 느껴졌다.

뚜벅뚜벅.

경우는 계속해서 행진해 나갔다. 거룩한 남매의 행진. 순간 경석이 벌벌 떨면서 뭔가를 웅얼거렸다. 그러자 경우가 부드러운 말투로 그를 안심시켰다.

"오빠, 괜찮아."

또 경석이 입술을 살짝 비틀었다.

"괜찮아, 오빠. 내가 있잖아."

경우는 앵무새마냥 반복했다.

그걸로 충분했다. 경석에겐 경우만 있으면 됐다. 경우는 그에게 여동생이자 보호자이며, 엄마이자 아빠였다.

그 괴이할 만치 끈끈하게 꼬인 두 사람의 매듭은 얽히고설켜서 견고한 뭉치가 되었다. 경우 혼자 힘으론 결코 풀 수 없는.

곤은 계단 끝으로 사라지는 남매의 뒷모습을 끝까지 응시했다.

곧이어.

"나 참, 똥 밟았다 치지 뭐."

현식이 아영을 껴안고 돌아섰다.

"모자란 애랑 싸워 봐야 우리만 손해야. 근데 쟨 누구지?"

아영은 새삼 경우에게 호기심을 드러냈다.

"몰라. 경석이 여친인가?"

"설마!"

두 사람은 실실 웃더니 손을 꽉 맞잡고서 가 버렸다.

복도의 소동은 싱겁게 일단락되었다. 구경꾼들은 아지랑이처럼 이 교실 저 교실로 흩어진 지 오래였다.

그때 희대가 소곤거렸다.

"쟤가 경석이 여동생 경우라고? 혹시 쟤 저번에 너 찾아왔던……."

비로소 그는 교실로 찾아와 곤의 전화번호를 따 갔던 키 작은 여자애가 경우임을 알아차렸다.

곤은 대답하지 않았다. 앞니로 아랫입술을 꾹꾹 다지고만 있었다.

다른 상황이라면 내가 경석을 도와줬을까? 아니다. 방관자가 되어서 이 불편한 상황이 빨리 종료되기만을 기다렸겠지. 언제나 그랬듯이.

"넌 왜 아까부터 얼어 있냐. 별일도 아닌데……."

희대가 얼빠진 곤을 호기심 어린 눈빛으로 바라보았다.

희대의 말대로 경석이가 복도에서 쪽팔렸을 뿐. 별일 아니었다. 곤이 상관할 바 아니었다.

'위선 떨지 마. 원래 난 이것밖에 안 되는 놈이야. 경석일 사람 취급도 안 한 주제에 쭉 하던 대로 무시하고 살면 되지. 나만 생각하면서!'

곤은 무거운 발걸음을 돌려 교실로 들어갔다.

뒤따라오면서 희대가 입술을 날름날름 여러 차례 핥았다.

"어제 말이야. 인터넷 뒤지다가 죽이는 사이트 하나 알아냈다. 구라 안 치고 완전 공짜. 모자이크 쪼가리도 안 붙었다니깐! 기분도 꿀꿀한데 너도 주소 보내 줄까?"

그는 자신의 영원한 화두를 끄집어내었다. 이미 경석과 경우는 관심 밖이었다.

"희대야, 나도 보내 줘!"

"나도!"

반 아이들이 그에게 와글와글 붙었다.

평소라면 곤도 못 이기는 척 희대에게 사이트 주소를 받아 낼 터였다. 그렇지만 지금은 붕어 떼처럼 떠드는 애들에게까지 분노가 치밀었다.

모두들 이토록 자신의 욕구에 정직하고, 거리낌 없건만. 어째서 경석이만 안 되는 거지?

곤의 눈시울이 와락 붉어졌다.

'미안해……'

속으로 말해 보았다. 누구를 향한 사과인지도 모른 채.

곤은 무너지듯 책상에 엎드려 버렸다. 할 수 있다면 소리 내어 엉엉 울고 싶었다.

* * *

곤과 희대는 수업이 끝나고 집으로 돌아가는 길에 다른 반 친구인 승윤을 만났다.

경석이 사건으로 울적해진 곤은 감기 기운이 있다며 입을 다물었다. 희대와 승윤은 둘이서 달라붙어 희희낙락이었다.

"오늘 경석이 그거 봤지?"

승윤이 주먹을 굵다란 로켓마냥 하늘로 팍 세웠다.

"그럼. 여자애들 눈이 왕방울만 해졌잖아. 암만 바보라도 집에서 성교육은 필수지, 그리 방치하면 쓰나."

희대가 교육 운운하자, 킥킥대던 승윤이 갑자기 정색했다.

"그 집에 경석이 교육시킬 사람이 있겠냐. 아빠까지 가출한 마당에."

곤이 익은 벼처럼 수그렸던 고개를 다시 쳐들었다. 가출! 그 단어가 뇌리에 피뢰침처럼 박혔다.

"경석이 아버지 출장 간 거 아니야?"

"출장은 무슨. 며칠 전에 특수 샘이 경석이 여동생이랑 면담하는 거 들었거든. 나 특수반 도우미잖아."

승윤이 긴 말상의 얼굴을 빳빳이 쳐들고서 자랑스레 소식의 출처를 밝혔다.

"잘못 들은 거 아냐?"

곤이 초조하게 캐물었다.

"경석이 아빠가 두어 달 전에 나가서 연락 두절이라던데 그 여동생도 참 악바리야. 특수 샘이 걱정해 주니까 생활 보조비랑 장애인 수당도 나오니까 둘이 잘 살 수 있다고 되받아치더라. 아빠가 연락 두절된 게 한두 번도 아니고 걔가 경석일 다 걷어 먹이는 거지."

"그럼 친척들이라도 돌봐 줘야 하는 거 아냐?"

곤은 자기 일처럼 화를 터뜨렸다.

"엄마가 죽는 바람에 친척들이랑 연락도 다 끊겼다나 봐."

"엄마가…… 죽어?"

놀란 나머지 그는 우뚝 서 버렸다.

"응. 자세한 건 몰라도 오래전에 죽은 건 확실해. 초딩 4학년 땐가. 경석이랑 한 반이었는데 그때도 걔 엄마 한 번도 본 적 없으니까."

승윤의 말에 곤은 사색이 되었다. 경우 얘기를 그대로 믿었다. 엄마가 돈 벌러 멀리 갔다기에 이제껏 그런 줄로만 알았다. 엄마가 가출한 건가 의심해도 설마 죽었으리라곤 생각도 못 했다. 경우는 곤에게 집안 사정을 똑바로 알리지 않았다. 자존심이 센 그녀는 곤이 동정할까 봐 벽을 친 걸까.

'2주만 더 해 주면 안 될까? 부탁이야.'

밤보다 더 까맣던 경우의 눈동자가 떠올랐다.

두근.

쇳덩어리라도 떨어진 듯 심장이 욱신거렸다.

곤이 막막해진 눈을 들자, 화이트 로드 너머로 거먼 진흙땅이 보였다.

문득 그 죽음의 땅 위로 경우가 걸어가는 모습이 뇌리에 그려졌다. 진창에 빠진 다리를 한 발, 두 발 힘겹게 내디디며 걷는 그녀의 모습이. 그녀의 다리를 끌게 만드는 질척질척한 진창은 어느 틈에 딱딱한 나무 바닥으로 바뀌어 갔다. 오늘 그녀가 행진했던 학교의 나무 복도로.

마침내 세 사람은 주택가로 접어들었다.

"덥다. 하드 하나씩 빨자!"

"콜."

헤어짐이 아쉬운 희대와 승윤이 길가의 슈퍼로 경쟁하듯 달려 들어갔다. 곤은 둘을 뭉그적뭉그적 따라갔다. 승윤의 이야기를 들은 후부터 머릿속이 헝클어졌다. 경우 엄마가 죽었다는 충격적 소식에 정신이 혼미해지고 위장이 울렁거렸다.

"뭐 먹을래? 사 줄게."

"안 먹어."

모처럼 희대가 사 준대도 곤은 머리를 절레절레했다.

문득 각종 세제들이 빼곡한 진열대가 눈에 들어왔다. 그는 반사적으로 진열대로 걸어가서 샴푸를 집었다.

"집에 샴푸 떨어졌냐?"

바스락. 희대가 아이스크림의 포장지를 벗겨 내며 물었다.

"어……."

"불쌍한 자취생아, 내가 하나 갖다주랴? 명절에 선물 세트 들어온 게 너무 많아서 처치 곤란이거든. 오죽하면 엄마가 하루에 머리 두 번씩 감으라고 난리를 치겠냐."

"됐다."

"하여간 자영업자 자식들은 고생문이 훤히 열렸다니까. 엄마도 없이 혼자 밥 차려 먹고, 에궁."

희대가 곤의 목에 팔을 에둘렀다. 그의 입에서 진한 초코 냄새가 진동했다. 그 진한 단내가 곤을 촉발했다.

곤이 정신을 차렸을 때엔 벌써 슈퍼 밖으로 정신없이 뛰어나가는 중이었다. 급히 계산한 샴푸를 손에 꼭 쥔 채로.

"그러고 어딜 가?"

뒤에서 희대가 펄쩍했다.

"미안. 나 먼저 갈게."

곤은 그 대답밖에 하지 못했다.

왜 지금 그곳에 가야 하는지. 왜 뜬금없이 경석의 빈 샴푸 통이 생각났는지.

스스로도 설명할 수 없었다.

* * *

"헉헉……."

곤은 숨이 멎도록 오르막길을 냅다 달려서 올라갔다.

금세 중턱에 올라서 굽이굽이 골목을 돌아갔다. 머지않아서 익숙한 파란색 대문이 그를 맞아 주었다. 대문은 굳게 잠겨 있었다.

"경석아!"

덜컹덜컹.

곤은 낡은 철문을 잡고서 흔들었다.

대문에 귀를 바짝 대었다. 마당에 인기척이 없었다.

"경우야!"

쑥스럽지만 경우도 불렀다. 한참을 경우와 경석을 번갈아 가며 불렀다.

"나야. 나라고……."

목이 쉬고 기력이 빠졌다. 지친 곤은 대문 입구에 철퍼덕 주저앉았다.

지나가던 노파가 그를 흘겨보며 혀를 쯧쯧 찼다. 눈매가 매서웠다. 몸집이 큰 곤이 아무 데나 퍼질러 앉아 있으니 불량 학생쯤으로 오해한 눈치였다.

'잘 보셨네요, 할머니. 나 불량 청소년 맞아요. 꼭 나쁜 짓을 해야만 불량인가요. 할 수 있는 걸 하지 않는 것도 불량이죠. 모른 척하는 것도 불량이죠.'

곤은 시무룩해졌다.

"아!"

그는 허겁지겁 휴대폰을 꺼내어 경우의 메시지를 검색해 보았다.

곤이 경우에게 먼저 연락한 적은 없었다. 경우만 그에게 전화 한 번에, 문자를 몇 통 보냈을 뿐. 필요 없다며 경우의 전화번호는 저장조차 하지 않았다. 그나마 경우의 메시지를 아직 삭제하지 않은 게 다행이었다.

띠로롱.

때마침 곤의 휴대폰이 요란하게 울렸다. 부모님 식당 번호였다.

"네. 예, 지금요? 하지만 네…… 갈게요."

아버지의 호출이었다. 삼계탕을 끓여 놨다고, 식기 전에 얼른 오라는. 그 전화 한 통에 잠시 뒷전이었던 자신의 현실이 두둥실 되살아났다. 반대로 곤을 사로잡았던 어떤 열기는 차갑게 식어갔다.

'이제 와 어쩌려고. 못 도와줘서 미안하다고 변명해? 경우도 나 같이 찌질한 새끼한테 오만 정이 다 떨어졌겠지.'

갑자기 오한이 들었다. 학교에선 경석일 외면해 놓곤 뒤늦게 감상에 빠져 찾아온 자신이 가증스러웠다.

잠시 갈등하던 그는 가져온 샴푸를 담 너머로 휙 던졌다.

탕!

샴푸 떨어지는 소리가 처절한 비명처럼 울렸다.

곤은 급하게 왔듯, 또 급하게 달아났다. 경우 남매가 보이지 않는 곳으로.

＊ ＊ ＊

달그락달그락.

곤은 숟가락으로 뚝배기의 밑바닥을 긁었다. 영계 한 마리를 거뜬하게 먹어 치웠다. 그래도 허기가 좀처럼 가시지 않았다.

'연락 두절 아버지가 월급을 딱딱 보낼 리 없을 테고 대체 고 계집앤 뭘 먹고 살았던 거야? 맛난 건 경석이부터 챙겨 주고 별로 못 먹었을 거 아냐. 그니까 키가 콩만 하지, 에잇.'

부모님 없이 경우가 어찌 지내는지. 자꾸만 그녀가 지내는 허름한 산동네로 신경이 날아갔다.

언제였던가. 경우가 부엌에서 저녁을 준비하던 게 어렴풋이 기억났다. 장을 봐 온 참인지, 싱크대 위에 둔 검은 비닐봉지에서 파 대가리가 삐죽이 튀어나왔다. 새삼 그 푸르죽죽한 파 대가리가 곤의 가슴을 찌릿하게 찔렀다.

"곤아."

아버지가 옆으로 바투 다가와 앉았다.

"어제부터 허리통이 도지는 게 기분이 영 찝찝해. 오키나와에 또 지진이라잖아. 혹시 모르니까 수시로 지진 계수 확인하는 거 잊지 말고. 조금이라도 이상하면 학교에 가지 말고 가게로 오너라."

"그래도 학교는……."

곤이 소심히 토를 달았다.

일본의 지진 뉴스는 이따금 들렸다. 10년 전 홋카이도섬 귀퉁이가 가라앉은 후로 일본에선 규모 2, 3의 지진이 드문드문 나고 있었다. 그에 비해 한국은 10년 동안 이상하리만큼 이상무다. 곤이 수시로 지진 어플을 확인해 보지만, 하늘도 땅도 평온하다.

"개근이 대수냐. 무조건 와야지. 지진은 급작스럽게 오는 거 알아 몰라!"

아버지가 강한 어조로 호통을 쳤다. 지구 반대편이든 어디든 지진 소식만 들리면 아버지는 예민해졌다.

"난…… 몰라요."

곤은 뚱하게 대꾸했다. 평소라면 부모님과 죽이 맞아서 지진 뉴스를 나누거나 고분고분 듣는 시늉이라도 할 텐데. 지금은 경우

생각으로 꽉 차서 지진에 쓸 에너지가 없었다. 일상이 뒤죽박죽이 었다.

"모르긴. 항시 확인해야지. 혹시 또 지진이……."

연거푸 흘러나온 지진이라는 소리에 머리 뚜껑이 확 열렸다.

"지진, 지진! 그만 좀 하세요. 아버지가 그러니까 나까지 지진 강박증이잖아요. 그건 벌써 10년 전 일이죠. 요즘 지진 같은 거 누 가 신경이나 쓴대요?"

곤은 기를 쓰고 반항했다. 경우를 돕지 않은 죄책감의 불똥이 부 모님에게로 튀었다.

"어이쿠! 이 녀석이 왜 이러는 거지? 여보, 곤이 용돈 주는 거 잊 어 먹은 거 아냐?"

당황한 아버지는 착한 아들의 반항 원인을 괜한 데서 찾기 시작 했다. 사춘기로구나. 올 것이 왔구나. 그런 심정으로 아들을 가엽 게 응시했다.

"당신도 참. 곤 너도 아버지한테 그러면 안 돼. 니가 사지에서 살 아온 데 감격해서 그 좋아하던 술도 딱 끊고, 바쁜 와중에도 짬 내 서 '지고가모' 봉사도 하러 다니시는 거 알잖니."

어머니가 슬쩍 아버지 역성을 들었다.

'지고가모'는 '지진으로 고통받은 가족들을 위한 모임' 단체의 줄임말이었다. 아버지는 자신의 아들만 살아온 게 죄송스럽다며

지고가모뿐만 아니라 각종 지진 관련 단체에 열성적으로 후원을
해 오고 있었다.

최근 들어 곤은 그마저도 부담스러웠다. 지고가모 회원들은 으
레 곤이 살아난 이야기를 미담처럼 떠들어 댔다. 대부분 지진에
가족을 잃거나 잃을 뻔한 사람들이니 그들에게 지진은 영원히 끝
나지 않는 마라톤이었다.

곤은 어서 이 비극의 마라톤을 끝내고 싶었다. 언제 불한당처럼
닥칠지 모르는 미지의 지진보단, 당돌하게 다가온 경우의 붉은 입
술 쪽에 마음이 흔들렸다.

"지진 얘긴 하지 말라니깐요. 진짜로 머리가 돌아 버릴 것 같단
말이에요, 제발!"

곤은 가게 문을 부서져라 열어 젖히고 나가 버렸다.

다다다다.

식당을 나온 곤은 무작정 뛰었다.

후끈한 여름 바람이 귓가를 쓰다듬었다. 살인적인 더위에도 불
구하고 희한하게도 속이 후련했다. 가슴이 터져 나가도 좋으니 이
대로 바람을 실컷 두들겨 맞고 싶었다. 누구에게든 좋으니 호된
꾸지람을 듣고 싶었다.

쏜살같이 뛰던 곤이 깜짝 놀라 걸음을 멈췄다. 경석의 집으로 가
는 오르막길 앞이었다. 되는 대로 뛰었을 뿐인데, 도돌이표처럼 여

기로 돌아왔다.

'경우도 집에 돌아왔겠지?'

그 생각에 곤은 도둑이 제 발 저린 듯 뒤로 홱 돌았다. 그녀를 피해 아파트로 달릴 준비를 했다.

그때였다. 주머니 속의 휴대폰이 사각 몸을 부르르 떨어 댔다.

— 여름방학 기대돼. 내 사진 또 찍어 줘. 잘 부탁해, 곤.

해주였다.

실망감이 곤의 정수리를 찌릿하게 관통했다. 그가 기다리는 건 해주의 문자가 아니었다.

'미안, 니가 아냐. 내가 찍고 싶은 건…….'

뒷말이 지우개로 지운 듯 흐려졌다. 곤은 다시금 어깨 너머로 고갯길을 올려다봤다.

저 길을 올라가면 땀 나고 숨이 차겠지. 심장이 또 아프겠지. 오르막길을 올라가면 안 되는 이유가 수십 가지. 오르막길을 올라가야만 하는 이유는 딱 한 가지.

'경우를 찍어야겠어.'

깃드는 욕망을 곤은 잠시 미루었다.

'내일 꼭 말하자!'

카메라를 챙겨서 파란 대문 집으로 가리라 결심했다. 오르막길을 올라가야 할 새로운 이유가 생겼다.

모처럼 곤의 입가에 잔잔한 미소가 번졌다.

* * *

아침이 휘황하게 밝았다.

고대하던 여름방학식 날! 방학식 하는 날이라 하교가 빨랐다. 1, 2, 3교시까지만 수업한 후 강당에서 방학식을 치르면 끝이었다.

1, 2교시가 연달아 체육 수업이기에 곤과 희대는 운동장으로 나왔다. 웬일인지 시작종이 쳐도 체육 선생님이 오지 않았다. 들뜬 남자애들은 고삐 풀린 망아지들마냥 운동장을 헤집고 다녔다.

탕!

희대가 제자리 뛰기를 해서 지진계 위로 올라섰다.

"공설 운동장은 어때?"

곤에게 방학식 마치자마자 두 번째 출사를 가자고 조르는 중이었다.

"안 간다니까."

곤은 단박에 거절했다. 따로 갈 곳이 있었다.

"해주도 오기로 했다고. 제발 같이 가자! 초짜들만 모이면 사진이 안 된단 말이야."

희대는 비굴하게 애원했다. 곤이 빠진다니까 똥줄이 타서 난

리었다.

"알아서 잘해 봐. 아무튼 난 못 가."

곤은 단호했다.

경우 얼굴을 보는 게 아직은 두려웠다. 한편으론 스스로 그 두려움과 맞설 결정을 했다는 게 기뻤다.

다행스럽게도 그는 어른이 아니다. 실수해도, 말이 안 돼도, 무턱대고 돌진해도 될 만큼 심장박동 수는 충분히 남아 있었다.

희대가 아무리 애원해도 무심하던 곤이 별안간 소스라쳤다.

"어, 잠깐 나와."

그는 거칠게 희대를 지진계 아래로 밀어뜨렸다.

"왜 그래?"

"이거!"

곤의 외침이 투명한 지진계 위로 메다꽂혔다.

지진 규모가 무려 2.15. 이제껏 그가 본 것 중에 최고 수치였다.

"지진이야."

곤의 음성이 파르르 떨렸다.

"거짓말. 아무것도 안 느껴지는데?"

희대가 운동장에서 잘 놀고 있는 친구들을 흘끗하면서 고개를 갸웃했다.

아직까진 그리 심각한 수치는 아니었다. 지진 규모 2정도라면 경미한 진동을 의미했다. 실내에서도 극히 예민한 일부 사람들만

진동을 느낄 수 있는 정도의.

곤은 스스럼없이 운동장에 두 무릎을 꿇었다. 그러고선 땅에 지그시 손바닥을 대고 눌렀다. 퉁퉁퉁. 땅은 쉴 새 없이 울렸다. 지금 운동장에 많은 아이들이 있고, 공까지 차고 있으니 그 울림은 당연했다.

곤은 지질학자마냥 최대한 손바닥의 감각에 집중했다. 땅의 떨림이 아이들의 운동화 밑창에서 나오는지, 혹은 깊숙한 땅속에서 나오는지 구분 불가였다.

"뭐가 느껴져? 땅이 흔들려?"

희대의 물음에 그는 얼굴을 휘둘렀다.

"잘 모르겠어."

"거 봐. 별거 아니잖아."

희대는 친구를 측은히 내려다보았다.

곤은 계속 땅바닥을 짚고서 땅의 진동을 느끼는 데 몰두했다. 그의 손바닥 센서에 세상의 종말과 구원이 달린 듯 비장한 표정을 짓고서 말이다.

"너도 참 중증 환자다. 지진병은 약도 없냐?"

희대가 빈정대며 한숨 쉬었다.

곤은 허우대가 멀쩡하고 잘생겼다. 여러 모로 썩 괜찮은 친구다. 그런 그가 지진 얘기만 나왔다 하면 눈동자가 정신 나간 사람처럼 돌아가서 지진 규모가 어쩌고저쩌고 하면서 이마에 핏대를 세우니. 친구로서 안타까울 따름이었다.

삐이이익!

방금 운동장에 도착한 체육 선생님이 호루라기를 불었다.

"샘 왔다. 곤, 가자!"

"으응."

곤이 미련을 놓지 못하고 꾸물거렸다.

"가자니까."

"희대야. 이거…… 학교에 알려야 하지 않을까?"

"헐. 아서! 실시간으로 재난 경보 뜨는 거 몰라? 교무실에도 재해 관측기 비치되어 있잖아. 니 말대로 진짜 지진이라면 학교서 벌써 대피 방송 나왔을 거다. 그러니까 제발 신경 꺼, 이 지진 오타쿠 자식아!"

희대가 조롱 섞인 농담을 팩 쏘고는 뛰어가 버렸다.

곤이 엎드렸던 상반신을 덜렁 일으켰다. 손바닥에 박힌 모래 알갱이들을 털 생각도 못 하고, 떠나기 직전에 다시 지진계를 힐긋 곁눈질했다.

숫자 2.33.

그새 수치가 한 뼘 더 올랐다.

'맙소사. 땅이 흔들리고 있어!'

곤의 망막에 공포심이 까만 울혈처럼 맺혔다.

그는 목을 한껏 젖혔다. 두려운 눈으로 하늘을 올려다보았다. 하늘은 창창히 푸르고, 구름들이 뜯어 먹다만 솜사탕처럼 뭉게뭉게 떠 있었다. 누구라도 환장할 만큼 화창한 날씨였다. 그러나 이미 시각이 변한 곤에게만은 하늘이 방금 전과 사뭇 달라 보였다. 한 톤 짙어진 하늘 색과 살짝 빠르게 흘러가는 구름들이 특별한 징조로 여겨졌다.

"설마."

그는 중얼거리며 15도, 30도, 45도 시계 방향으로 시선을 돌려갔다. 칙칙한 회색의 학교 본관과 식당, 그리고 운동장에 모여 있는 반 친구들과 체육 선생님까지. 그 평온한 일상이 당장 무너질까 봐 초조해졌다.

토옥! 토옥! 곤의 가슴속에 흩뿌려진 불안의 씨앗들이 하나둘씩 싹트기 시작했다.

"곤."

멀리서 체육 선생님이 신경질적으로 그를 호출했다.

"네."

하는 수 없이 곤은 뭉그적뭉그적 돌아섰다. 정말 지진이 난다 해도 그가 나설 바는 아니었다. 희대의 얘기대로 지진의 조짐이 조금이라도 있다면 교무실에서 먼저 재난 경보를 울릴 테니까.

"아니겠지."

그는 눈을 질끈 감고서 홀연히 지진계를 떠나갔다.

　　　　　　　　　　* * *

　좌아아악!

　한 쌍의 운동화가 모래 이불을 걷어차면서 들어왔다.

　"13.78!"

　선생님의 음성이 누런 흙먼지를 뚫고 곤의 귀에 꽂혔다. 막 100미터 달리기를 끝낸 곤의 뒤로 나머지 친구들이 결승점 안으로 들어오고 있었다.

　우르르르!

　땅을 울리는 굉음과 함께 모래 파도가 샛노랗게 일었다. 광활한 황야에서 황소들이 떼 지어 달려오는 듯 웅장한 풍경이었다.

　맥이 탁 빠졌다. 매번 전력을 다해 달리는 데도 마의 13초대는 도저히 깰 수가 없었다.

　곤은 거친 숨을 토해 내면서 허리를 굽혔다. 두 손을 무릎에 올려 상반신을 받친 채로 고개를 땅바닥으로 떨어뜨리고서 연속해서 호흡을 골랐다. 그가 내뱉은 날것의 숨결은 곧장 흙으로 곤두박질쳤다. 흙 속으로 꾸물꾸물 기어 들어가서 흔적도 없이 사그라졌다.

　'또 아프네. 정말 나 심장병이라도 걸린 거 아냐?'

　흘긋 곤이 걱정스러운 눈길로 내려다본 건 자신의 가슴팍이었다. 가슴근육이 빠르게 오르고 내리기를 반복하고 있었다. 마치 심장 안에 커다란 뱀장어 한 마리가 들어가서 요동치는 듯했다.

1학기 마지막 체육 시간이라고 수업은 한결 느슨했다. 앞줄에서 뛴 아이들은 운동장에 퍼져 앉아 모래 장난에 열을 올리는 중이었다. 선생님도 뒷짐을 진 채로 무질서를 수수방관했다.

"후······ 하!"

곤의 심장은 잠잠해질 기미가 없었다. 그는 미간을 있는 대로 찌그러뜨리고, 크게 심호흡을 해 보았다. 심장은 잠시 진정되나 했더니, 또 금방 물때를 만난 활어처럼 팡팡 튀어 올랐다.

"제발 좀."

곤은 두 손으로 가슴을 부여잡고서 견뎠다.

체육 수업이 끝났다. 아이들은 삼삼오오 뙤약볕에 달궈진 운동장을 횡단하여 교실로 돌아갔다. 그늘 한 점 없이 햇살에 오래도록 지펴진 운동장은 갈수록 뜨거워졌다. 운동장은 대형 오븐이고, 아이들은 오븐 안에서 구워지는 통닭 신세였다.

"왜 죽상이냐. 더위 먹었냐?"

희대가 곤에게 기대며 늘어졌다. 한편, 곤은 인상을 찡그리고만 있었다. 지진 걱정에 애가 타는 것이었다.

"매점 갈래?"

"뭐 좀 확인하고 갈게. 너 먼저 들어가!"

대답 대신, 곤은 경로를 휙 이탈하여 뛰어갔다. 그의 발길이 향한 곳은 물론 지진계가 있는 국기 게양대였다.

"못 말려. 저 새낀 완전 중증이라니까. 방학 때 병원이나 끌고 가야겠어."

삐죽거리면서 희대가 살집이 둥실한 어깨를 으쓱했다. 그는 곤을 포기하고서 다른 친구들을 향해 소리쳤다.

"나랑 매점 갈 사람?"

곤은 홀로 비호처럼 달려갔다. 목적지에 도착하자마자 그는 지진계 위로 넙죽 엎드렸다.

"어?"

3.22.

수업하는 동안, 지진 계수가 껑충 뛰어올랐다. 그것뿐만이 아니었다. 지지직, 지진파도 확연히 긴급하게 움직이면서 흰 종이에 어지러운 파동을 그려 내고 있었다. 지진 규모 3, 4라면 약간의 진동과 함께 천장이나 벽에 매달린 물건들이 살짝살짝 흔들릴 수준이었다. 실내에 머무르는 이들 중 예민한 사람이라면 그 흔들림을 느낄 수 있으나, 실외에선 그 강도가 떨어진다.

어쨌거나 곤에겐 기겁할 만한 수치였다.

'3이 넘으면 무조건 가게로 와!'

아버지의 당부 때문에라도 모른 척할 수가 없었다.

그때 또 지진 계수가 성큼 올라갔다.

5.65.

놀란 곤이 주위를 두리번거리다가 이내 교문으로 향했다. 교문을 지키는 경비 아저씨를 보고서 득달같이 달렸다.

"아저씨!"

"왜 그래?"

"저기 좀 보세요!"

곤은 손짓 발짓으로 지진계를 가리켰다. 필사적으로 지진을 알렸다.

"그럴 리가……."

늙수그레한 경비 아저씨도 서서히 당황스러운 기색을 보였다.

그러는 와중에 수업 종이 땡땡 쳤다.

"내가 확인하고 교무실로 연락할 테니까 학생은 그만 교실로 들어가 있어."

"아저씨, 빨리요. 잘못하면 다 죽는다고요!"

"알았다니까. 학생은 일단 들어가서 조용히 있어. 잘못 봤을지도 모르잖아."

"하지만……."

"말 들어. 학생 때문에 방학도 못 하게 되면 어쩌려고? 나한테 맡겨 두고 교실에서 방송이나 기다려. 거참. 이게 무슨 일이래."

허둥지둥 경비 아저씨가 지진계로 가 버렸다. 한 손에 휴대폰을 들고서.

곤은 떨어지지 않는 발걸음으로 꾸무럭꾸무럭 학교 건물로 들어갔다. 아버지의 분부대로라면 학교를 박차고 나가서 당장 부모님 식당으로 날아가야 할 판. 하지만 홀로 학교를 나가기엔 께름칙했다.

한편으로 황망했다. 지진이 온 것 치곤 세상이 너무 고요했다. 평화로운 학교에서 혼자만 발악하는 듯 쓸쓸하고 고립된 느낌이었다.

'잘못 본 걸까? 괜히 학교를 탈출했다가 지진이 아니면 방학식엔 나만 빠지겠지? 한 시간만 지나면 방학인데 왜 갔냐고 애들이 물으면 뭐라고 해야 하지?'

곤은 별별 생각이 들어 오싹해졌다. 희대의 비웃음대로 꽁무니를 빼고 달아난 '지진 오타쿠 겁쟁이'로 전락할 거다.

'그래도 아버지가……'

학교를 탈출하고자 하는 충동과 학교에 머물러야 한다는 의무감이 불꽃 튀게 상충했다.

곤은 한참을 뭉그적대면서 교실로 돌아갔다. 가슴속에 먹구름처럼 낀 불안감을 한 아름 끌어안은 채로.

"왜 지금 와?"

교탁에 선 담임이 뒷문으로 들어오는 곤에게 물었다. 방학식 준비 때문에 3교시 사회 수업이 담임 시간으로 바뀌었다.

"죄송합니다."

곤이 힘없이 고개를 조아리고 자리로 걸어갔다.

그런데, 콰당!

갑자기 교실의 벽시계가 바닥으로 떨어졌다.

"우 씨, 뭐야!"

벽시계 바로 아래쪽 자리에 앉은 기수가 고함을 빽 질렀다. 다행히 그는 다치지 않았으나 시계는 처참하게 산산조각 났다.

그것이 시작이었다. 드드드드. 교실에 줄지어 쌓아 둔 사물함들이 덜컹거렸다. 쿵, 쿵, 아이들이 아무렇게나 사물함 위에 올려 둔 책과 소지품도 도미노처럼 줄지어 바닥으로 추락했다.

"끄아악!"

"뭐야, 뭐야!"

아이들이 자지러졌다. 옆 반에서도 이구동성으로 비명을 질렀다. 해괴한 일이 생긴 건 곤의 교실뿐만은 아닌 모양이었다.

"위험하니까 모두들 책상 밑으로 들어가라. 어서!"

놀란 담임 선생님도 교실을 동분서주 뛰어다니며 아이들을 책상 밑으로 보내었다. 지진 발생 시의 대피 매뉴얼대로 지시를 내리면서도 확신이 없는 낯빛이었다. 즉시 복도로 애들을 내보내야 하는지, 어쩐지 갈피를 잡지 못했다.

"우리 죽는 거야?"

책걸상이 덜거덕덜거덕 부딪히는 소음과 중구난방 터져 나오는 학생들의 비명에 교실은 아수라장이 되었다.

그런 와중에도 곤은 교실 뒤에 엉거주춤 서 있었다.

"곤. 너도 엎드려."

뒤늦게 선생님이 그를 발견하고 손을 휘저었다.

그때였다.

치잉치잉.

마이크 잡음이 나온 후에 방송이 시작되었다. 허스키한 교감의 음성이 흘러나왔다.

"에에, 알립니다. 몇몇 1학년 교실에서 벽이 흔들린다는 제보가 들어왔습니다. 현재 사태 파악 중에 있으니, 각 반 담임 선생님들은 우선 학생들이 책상 밑으로 들어가서 대기할 수 있도록 지도해 주시기 바랍니다. 에…… 상황이 확인되는 대로 1반부터 차례대로 대피하도록 하겠습니다. 학생들이 한꺼번에 복도로 튀어나왔다간 더 큰 불상사가 일어날 수 있습니다. 모두들 침착하게 질서를 지켜 주십시오."

'진짜 지진이다. 아버지 예감이 맞았어!'

곤의 머릿속이 텅 비었다.

사물함은 더 이상 흔들리지 않았다. 되레 불안함에 들락거리는 아이들의 몸에 걸려서 덜컹거리는 책걸상이 진동을 키우고 있었다. 그리하여 교실 전체가 덩어리째 움직이는 듯한 착각을 일으켰다.

"정신 차리고 이리 들어와!"

희대가 곤을 목청껏 불렀다. 항상 곤을 예민하다고 비웃던 그도 지금은 잔뜩 겁을 먹고 책상 다리를 꼭 움켜잡았다.

곤은 친구가 부르는 것을 알아차리지 못했다. 그의 눈동자는 경석의 빈 책상만 열심히 더듬었다. 지진이 오자마자 경석이 남매부터 걱정되었다.

'지금쯤 천사반에 있을 테고…… 어쨌든 경석이에겐 경우가……'

"안 돼!"

불현듯 곤이 탄식하며 몸을 빙그르 틀었다. 그러곤 퉁겨진 용수철마냥 복도로 팍 튀어 나갔다.

* * *

곤은 긴 동굴처럼 굽이굽이 이어진 복도를 전속력으로 달려 나갔다. 이를 악물고서, 눈에 핏발을 세우고서 하나의 목표만 향해 묵묵히 달렸다. 복도는 예상보다 조용했다. 학교 전체가 자세를 낮추고 숨을 죽인 듯했다.

기차의 창처럼 연달아 이어진 교실들을 지나쳐 달렸다. 이따금 고개를 돌리면 책상 아래서 웅크린 아이들이 보였다. 대피를 시작한다는 방송만 기다리는 그들을 보면서 불안감이 눈덩이처럼 불어났다.

"경우야!"

어느새 그는 소리쳐 그녀를 불렀다.

경석이에겐 경우가 없으면 안 된다. 경우가 없으면 안 된다!

그 문장이 어느 광고 회사의 슬로건처럼 곤의 뇌리로 날아와 박혔다. 그는 경우만은 살려야 한다는 이상한 사명감에 사로잡혔다.

'나같이 재수 없는 애는 없을 거야. 니 운을 나한테 반만 떼어 줄래?'

경우의 넋두리에 곤도 세뇌당한 걸까.

경석인 몰라도, 경우는 정말이지 재수가 없는 것 같다. 그러니 재수 없는 경우만은 도와주고 싶었다. 곤 자신에게 아직 운이 남았다면 말이다.

저 앞에서 살랑살랑 흔들리는 1학년 6반 팻말이 보였다. 비로소 목적지에 도착했다.

"허억!"

곤은 크게 숨을 토해 냈다. 생각할 겨를도 없이 반쯤 열린 앞문으로 쑥 뛰어 들어갔다.

책상 아래 앉아 소곤대던 여자애들의 눈이 똥그래졌다.

"넌 뭐니. 교실에서 대기하란 방송 못 들었어?"

6반 담임이 그를 보자마자 귀찮다는 말투로 물었다.

곤은 심각한 낯빛으로 교실 안을 두리번거리기만 했다. 대답할 여유 따윈 없었다.

"곤!"

그때 해주가 책상 밖으로 빼꼼 얼굴을 내밀며 두 손을 즐거이 흔들었다.

그녀는, 여름방학식 참 거창하네, 하면서 짝과 수다를 떨던 중이었다. 다른 여자애들의 표정에도 구김살이 없었다. 6반에선 곤의 반처럼 벽이 흔들리거나 물건이 낙하하는 등의 이렇다 할 사건이 없었다. 그러니 여자애들도 형식적으로 하는 민방위 훈련 정도로 가벼이 여길 뿐이었다.

'무슨 일로 곤이 우리 반을 찾아왔지?'

의아해하다 말고 해주의 낯에 핑크빛 생기가 감돌았다.

'이유는 모르지만 날 보러 온 거지. 아님, 여기까지 달려올 일이 뭐겠어?'

그녀는 넘겨짚었다.

그러거나 말거나 곤은 해주에겐 무관심했다. 실은 해주가 이 교실에 있는지, 없는지 인지조차 하지 못했다.

"경우야! 경우, 어디 있어?"

6반 선생님이 노려보든 말든 곤은 허리를 바짝 수그렸다. 정찰병처럼 여자애들이 숨은 책상 아래를 줄줄이 훑어 갔다. 몽땅한 소녀를 찾기 위해서 말이다.

"경우?"

"쟨 뭐니."

황당무계한 그의 행동에 여자애들이 까르르 웃음을 터뜨렸다. 해주는 어리둥절해졌다. 그나마 한 여학생이 아는 체하며 경우의 행방을 알려 주었다.

"걔 반에 없어. 강당 갔어."

"강당?"

그 말을 듣자마자 곤의 안색이 무청처럼 새파래졌다.

"언제?"

"강당 청소라 아까 불려 가서 아직 안 왔거든."

"안 되는데!"

그는 더욱 좌불안석이 되었다.

'강당? 학교 입구에서 제일 멀어. 탈출하기 힘들어. 위험해!'

강당에 갇혀서 떨고 있는 경우의 모습이 상상되었다. 학교에 있는 모두가 살았는데 경우만 죽을지도 모른다는 불안감이 파도쳤다. 경우는 항상 자신이 세상에서 제일 운 나쁜 애라고 말했으니까.

'내가 구해야 해!'

곤의 관자놀이에 핏줄이 선명하게 섰다.

"쟤 더위 먹었나 봐. 정신이 반쯤 나간 것 같지 않아?"

효진이 엉금엉금 기어 와서 해주의 어깨를 툭 쳤다. 아예 검지를 머리통 옆에 대고서 뱅글뱅글 돌렸다.

"크흠."

해주는 동의하는 듯 헛기침했다.

"생뚱맞게 경우는 왜 찾는 거람. 어째…… 지 여친 구하러 온 분위기인데. 둘이 친했나?"

효진의 눈동자에 호기심이 폭풍우 치는 바다마냥 일렁였다. 곤이 경우와 어울리는 모습을 본 적이 없었다. 그럴 뿐더러, 두 사람이 친해질 만한 어떤 계기나 접점도 짐작되지 않았다.

천운을 타고난 남자 반의 러키 보이 길곤과 존재감조차 희미한 여자 반의 든보잡 김경우라니. 학교에서 두 사람은 어류와 파충류만큼이나 사는 서식지가 달랐다.

"난들 아니?"

해주는 입술을 뾰로통하게 내밀었다. 곤이 자신이 아니라 다른 여자애를 오매불망 찾는다, 그 사실만으로도 쓴 열매를 씹은 듯 입안이 떫었다.

"헉헉……."

곤은 달렸다. 단거리에서 장거리가 된 마라톤. 차츰차츰 빠른 발도 지쳐 갔다. 그래도 멈추지 않았다. 경우가 무사한 걸 보지 않고선 이 막무가내 질주를 멈출 수 없었다.

4층에 도달하자마자, 그는 복도 끄트머리에 위치한 강당으로 곧장 내달렸다.

철커덕!

강당 문을 거세게 열면서 곤이 또 고함쳤다.

"경우야!"

강당 안엔 수십 명의 아이들과 선생님 몇 명이 함께 뒤섞여 있었다. 모두들 영문도 모른 채 리허설을 멈추고 강당에서 대기 중이었다. 교감의 대피 예고 방송 때문에 여름방학식 리허설 준비를 하던 음악단원들과 청소부원들의 발이 한꺼번에 묶여 버린 것이다.

곤은 망설임 없이 씩씩하게 걸어 들어갔다.

"경우 못 봤어?"

그는 뭉치로 떠다니는 아이들을 밀치면서 강당을 휘젓고 돌아다녔다. 그의 발걸음은 성마르고, 음성은 서릿발같이 곤두섰다. 눈치 빠른 아이들이 슬금슬금 길을 터 주었다.

"곤?"

마침내 경우가 그의 부름에 답했다. 그녀는 한쪽 다리를 바짝 세운 채로 무대 위에 앉아 있었다.

"뭐지."

음악 선생님이 놀라서 곤을 올려다보았다. 그녀는 경우 곁에서 경우의 다리를 봐 주는 중이었다. 경우의 오른편엔 빗자루와 쓰레

받기가, 왼편엔 손님용 가죽 의자가 엎어져 있었다. 그녀는 다리를 잡고서 고통 어린 표정을 지었다.

'역시나! 벌써 다쳤구나?'

곤은 숨이 턱 막혔다. 그는 한눈에 사태를 파악했다.

그를 본 경우가 몸을 달싹거리자 선생님이 얼른 그녀를 붙잡아 앉혔다.

"움직이지 마. 발목이 접질렸나 봐. 뼈가 부러진 건 아니니까 있다 양호실에 가서 치료를 하면 금방 나을…….."

그러자 곤이 강당을 쏜살같이 가로질러 왔다. 그는 두 사람 앞을 떡하니 막아섰다.

경우의 불편한 다리를 훑으면서 그의 안색이 질렸다.

'더 빨리 왔어야 하는데!'

곤은 자신을 탓했다. 웃는 경석의 얼굴이 구름처럼 둥실둥실 떠올랐다. 그의 하나뿐인 여동생을 지키지 못했음에 미안해졌다.

"경우 너…… 다친 거야?"

그의 음성이 허공에서 툭 하고 쇠뭉치마냥 떨어졌다.

"어, 조금."

경우의 동공이 초조히 흔들렸다.

"그럴 줄 알았어. 여기 있음 안 돼. 가자!"

곤은 등을 돌리더니, 뒤로 팔을 뻗어서 경우의 두 팔을 잡아당겼다. 그 자세로 그대로 끙 허리에 힘을 주면서 일어섰다.

"너 뭐하는 거니? 움직이면 안 돼. 경우가 다쳤잖니!"

선생님이 경악하며 즉시 그를 만류하고 나섰다. 곤의 막무가내 행동에 놀란 건 비단 선생님뿐만은 아니었다. 강당 아이들의 시선이 일순간 무대 중앙으로 몰렸다.

불현듯 정체불명의 남학생이 강당에 뛰어 들어와 납치하듯 경우를 등에 업으니! 흑기사가 공주를 구하는 광경이나 다름없었다. 보기 드문 광경을 지켜보는 내내 아이들은 벌어진 입을 다물지 못했다.

"선생님 말 들어. 지금은 함부로 움직이면 안 된다는 방송이⋯⋯."

음악 선생님이 바락바락 화를 냈다. 곤의 행동을 단순한 반항으로 오해한 것이다.

"선생님은 모르잖아요. 경우가 없으면⋯⋯ 안 된다고요. 진짜로 안 된다고요."

꿰꿰하게 말을 흘리고선 곤은 다시금 달리기 시작했다. 경우를 애지중지하는 공주님마냥 등에 들쳐 업고서.

"후흡."

곤의 호흡이 가빠졌다.

경우의 체중이 등을 짓눌렀다. 그녀가 아무리 작은 체구라고 해도 업고 달리기엔 무거웠다.

그래서일까. 또다시 곤의 심장이 찌릿찌릿 아파 왔다. 달리기로 한계를 넘은 심장은 고통을 호소하며 왝왝 토악질을 해 대었다.

심장이 하도 아파 눈물이 찔끔 나왔다. 100미터 달리기를 완주할 때완 비교도 안 될 정도로 아팠다.

그럼에도 곤은 달리고 또 달렸다. 학교 밖으로. 지진을 피할 수 있는 안전한 장소를 찾아서.

'제발. 내 운이 아직 남아 있기를!'

곤은 간절히 빌었다.

당당히 경우를 경석의 곁으로 데려다주겠어!

그러기 위해선 이까짓 손바닥만 한 심장이야 터져 나가도 좋았다. 비로소 멎은 심장을 제대로 심폐 소생술 하는 느낌, 비로소 자신의 힘으로 동굴을 기어 나와서 태양을 똑바로 바라본 느낌. 이번에야말로 갈 곳을 정하고 진정 자신의 의지로 탈출하는 그런 느낌.

그 벅찬 느낌들이 곤의 신경세포를 올올이 일으켜 세웠다. 그를 마약에 취한 것과도 같은 황홀경으로 빠트렸다.

이 순간만은 추호의 망설임이나 쪽팔림도 없었다. 곤은 묵묵히 자신이 해야 할 일을 하고 있었다. 경우를 업고 달리는 일. 그것이 바로 지금 그가 해야 할 일이었다.

통통통. 땅이 쪼개질 듯 울렸다.

'이건 또 무슨 시추에이션이야……'

경우는 말문을 잃고 넓은 곤의 등에 매달려 있었다. 그가 기어이 학교 본관을 벗어나자 그녀도 고개를 들었다. 땀방울이 송알송알

맺힌 곤의 젖은 목덜미와 귀가 눈에 들어왔다.

'웃겨. 내가 의자를 옮기다 발목 삔 건 어떻게 알았지? 그리고 도와주려면 부축해서 걸어도 될 걸, 굳이 무리하게 업고 달려가는 건 뭐람. 주제에 남자라고 나한테 힘자랑하는 건가?'

곤의 행동이 미심쩍었다.

경우는 잠자코 그의 등에 붙어 있기로 했다. 곤의 무모한 행진을 망치면 안 될 듯하여. 그의 두 발을 폭주하게 만든 게 뭐든 간에, 곤이 지금 뭔가를 이루려고 부단히 애쓰고 있다는 점만은 분명했다.

"흐음."

경우는 그의 어깻죽지에 뺨을 살포시 기대었다. 엄마에게 업힌 갓난아기처럼 기대어 작은 바퀴를 단 것처럼 칙칙폭폭 지나쳐가는 교정의 풍경을 감상했다. 매일 똑같다가도 또 매초마다 변하는 학교의 여름 풍경을 말이다.

나무 위로 퍼런 천막마냥 올라간 하늘이 무척 푸르렀다. 이리도 하늘이 가까운 적이 있었나. 손만 뻗치면 구름 조각을 툭툭 떼어 먹을 수 있을 것도 같았다. 사방으로 쪼개진 황금빛 햇살도 비스킷 부스러기 같았다. 먹지 않아도 배불렀다.

'예쁘다.'

경우의 얼굴에 미소가 살며시 번져 나갔다. 늘 땅만 보고 걷던 땅꼬마 그녀에겐 너무도 특별난 하늘 구경이다.

　　　　　　　＊　＊　＊

"푸흡!"

경우가 배를 움켜잡고 자지러졌다. 하도 포복절도하는 바람에 눈가에 투명한 이슬 방울들이 조르르 맺혔다.

"웃지 마라."

"완전 웃겨…… 너 재수만 좋은 허당이구나."

"그만하라니까, 아 씨!"

곤이 신경질적으로 뒤통수를 벅벅 긁었다.

오늘 원 없이 뛰었다. 그리고 그로 인하여 만천하의 웃음거리가 되어 버렸다. 그나마 내일부터 여름방학이라 등교하지 않아서 진실로 다행.

곤은 경우를 용감하게 들쳐 업고 교문 앞에 이르렀다. 그리고 바깥으로 향하려는 막바지에 경비 아저씨에게 제지당하고 말았다.

"학생들. 지진이 아니니까 다시 교실로 돌아가!"

"예?"

곤이 놀라 멈추었다. 눈치 빠른 경우는 그의 등에서 사뿐 내려왔다.

아저씨 왈, 실은 곤의 교실인 1반과 2반을 가로지른 벽에 소소한 균열이 갔을 뿐이란다. 원래 1반은 미술실이었다. 갑자기 학생

수가 늘어나면서 올 초에 안 쓰던 미술실에 급히 가벽을 세워 교실로 나누었다.

"가벽에 금이 갔다네. 안 그래도 벽 마감이 부실해서 방학 중에 학교 보수공사를 하기로 했는데 벽에 무리가 갔나 봐. 오늘 바로 공사를 시작한다니 안심해라."

경비의 말을 증명이라도 하듯, 교감의 목소리가 온 교정을 쩌렁쩌렁 울리기 시작했다.

"흠흠. 알립니다. 방금 전의 일은 지진이나 자연재해와는 전혀 상관없는 사고이니 모두 안심하고 제자리로 돌아가세요. 방학식을 앞당겨서 하고, 바로 집으로 귀가토록 하겠습니다."

교감은 여느 때처럼 평온한 어조였다.

"그럴 리 없어요. 내가 알아요. 정말 지진이라고요. 저길 보세요!"

곤이 펄쩍 뛰며 지진계를 가리켰다. 그러자 경비 아저씨는 희끗희끗한 눈썹을 추켜올렸다.

"아, 그건. 운동장 지진계에 빗물이 자꾸 새어 들어가서 오작동을 일으켰던 모양이야. 그것도 방학 중에 싹 갈아 치우기로 했어. 혹시나 해서 체크해 보니까 교무실 관측기랑 다른 지진계들은 멀쩡하더라. 그나저나 학생이 알지도 못하면서 괜히 소란 피우는 바람에 나까지 식겁했지 뭐야."

그는 도리어 곤을 탓했다.

"네? 그럼 난……."

'뻘짓 한 거잖아!'

호기로웠던 곤의 눈동자가 순식간에 텅 비었다. 모골이 송연해졌다.

곤은 허망하게 경우를 응시했다. 그녀의 눈꼬리가 바들바들했다. 가까스로 웃음을 참고 있는 것이었다.

'망…… 했다.'

온몸을 감쌌던 열기와 용기가 피시식 증발했다. 이제 곤은 머리카락을 쥐어뜯고 싶을 뿐. 학교에서 망둥이처럼 방방 뛰어다녔던 자신의 모습을 감히 떠올리기가 괴로웠다. 이 모든 게 꿈이었으면.

휘이이익!

갑자기 손 피리 소리가 어깨 너머로 날아왔다.

휘유!

동시에 뒤에서 야유인지 모를 외침들이 터져 나왔다.

곤의 교실을 비롯하여 1학년 창문마다 아이들이 바글바글 붙어섰다. 곤은 복도와 강당을 온통 휘젓고 다녔고, 하물며 경우를 등에 업고 학교를 탈출했다. 입이 근질근질한 아이들에게 꼭꼭 씹을 먹잇감을 던져 준 격이었다.

'뭔 바보짓을 한 거지. 쪽팔려!'

곤은 머리가 어질어질해졌다.

앞으로의 학교 생활이 두려워졌다. 당분간 그의 엉덩이에 '세븐 보이'가 아니라, '경석이 여동생을 업고 달린 미친놈'이라는 꼬리표가 붙어 버릴 거다. 그토록 싫어하는 별명을 또 하나 달고 말았다.

교문에서 제지당한 순간부터 방학식이 끝날 때까지 내내 후회와 멘붕, 그리고 자책의 시간이었다.

탈출은 실패. 경비 아저씨의 등쌀에 학교로 되돌아간 곤은 차마 교실로 돌아가지 못해 양호실에서 경우를 치료한다는 핑계로 시간을 질질 끌었다. 방학식이 끝나고서야 교실로 달려가서 가방만 휙 낚아서 부리나케 도망쳐 나왔고.

"곤, 너 왜 그렇게 뛰어다닌 거야?"

그를 보자마자 희대와 친구들이 몰려와 미주알고주알 물어 대었다. 그러나 곤은 이마의 땀을 훔치며 도망가기만 급급했다.

"지진인 줄 알고 쫀 거지?"

"시끄러."

"아주 볼 만했어. 너 달리기 하나는 진짜 빠르더라. 마라토너 해도 되겠어, 후훗."

남의 속도 모르고 경우가 계속 비죽거렸다.

'이게 다 너 때문이잖아!'

원망에 휩싸여 곤이 그녀를 째려보았다. 그의 손엔 경우의 가방이 덜렁 들려 있었다. 발목을 다쳐 다리가 불편한 경우를 그가 집까지 부축하게 된 것이다. 전교생 앞에서 요란 법석을 떨며 그녀를 업고 나왔으니 어쩌겠는가. 오늘 하루만은 그가 경우를 책임질 수밖에.

"그렇게 빠른 사람 처음 봤거든. 몇 초 나올까? 12초, 11초?"

경우의 질문에 곤은 새삼 조금 전에 자신이 달리던 장면을 되새겼다. 아직도 다리가 후들거렸다. 분명히 최고 속도로 달렸다. 경우를 등에 태웠음에도 아침의 체육 수업 때보단 적어도 1초는 단축했을 성싶었다. 어쩌면 마의 13초를 깼을지도 모른다. 비록 비공식 기록이긴 하나.

"응차."

이따금씩 경우는 끙끙거리면서 인상을 찌푸렸다. 다친 다리가 상당히 불편할 텐데도 악바리답게 굳세게 걸었다.

"깜박했네. 경석이."

곤이 아차 했다. 경우만 구출(?)해 내고 정작 도움이 필요한 경석이는 까맣게 잊었다. 경석이야말로 이 모든 해프닝의 원인 제공자임에도.

"오빠? 오빠 지금 학교에 없어."

"어?"

"어제부터 2박 3일로 농촌 체험 활동을 떠났거든. 복지 재단에서 천사반 애들 다 데리고 갔잖아. 몰랐어?"

곤은 멍해졌다.

따지고 보면 오늘 제일 운 좋은 놈은 경석이었다. 가만히 있어도 복지 재단에서 맛난 밥에 좋은 구경도 시켜 주고. 그 덕택에 학교를 발칵 뒤집어 놓은 지진 소동에서도 벗어났다.

잠시 곤은 입을 꾹 다물고 걸었다. 대체 무엇을 위한 달리기였나.

떵똥.

별안간 폰이 반짝거렸다. 곤은 기계적으로 문자를 확인했다.

— 너 경석이 동생 좋아하냐? 진작 말하지 그랬냐. 응원해 줄게, 친구. 뺘샤!

희대였다.

지금 그는 광대를 승천하며 벙글벙글 웃고 있을 터였다. 곤이 업은 소녀가 해주가 아니라 경우라는 사실에 크게 안도하면서.

곤은 손가락을 까딱거리다가 휴대폰을 주머니에 깊이 쑤셔 박았다. 뭐라고 답장해야 할지 몰라서.

'내가 경우를 좋아해? 설마, 그런가? 내 눈이 그리 낮을 리가! 경우가 싫어죽겠다는 것은 아니지만, 나는······.'

그는 경우의 옆얼굴을 흘깃 훔쳐보았다.

경우는 예쁜 것과는 거리가 멀었다. 그나마 지금은 살짝 귀여워 보이긴 했다. 사실은 아슬아슬해서 두고 볼 수가 없다는 편이 더 맞으려나.

'희대야 안심해라. 어쨌든 난 경우를 찍을 거야. 카메라에 담고 싶은 건 이 녀석 하나뿐이거든.'

곤은 담담히 되뇌었다.

그가 사진으로 가두고 싶은 건 경우의 얼굴이 아니라, 경우에게 짙게 밴 불안일지도 몰랐다. 자신이 가진 것과 똑 닮은 어떤 불안을 그녀에게서도 느꼈다.

불안은 신기루처럼 홀연히 나타났다가 또 사라져 버리는, 그러다 또 번개처럼 나타나 심장을 꼬집는 해괴한 불량배. 그렇기에 곤은 그 악동 녀석을 사각의 프레임 안에 잡아 가두고, 분석하고, 해부하고, 야단치려 한다. 썩 물러가라고!

'인간과 청소년.'

그 공모전 주제에서 결국 곤은 불안을 선택했다. 사랑이니 행복이니 희망이니 꿈이니. 인간이 가질 수 있는 온갖 밝고 긍정적인 메시지들은 천지에 널려 있다. 그런데도 자꾸만 불안에 이끌렸다. 키가 한 뼘씩 자랄수록 불안의 정점 속으로 자박자박 걸어 들어가는 듯했다. 그런 가운데 경우가 나타나 곤을 최고로 불안하게 만들고 있었다.

"있잖아. 우리 집…… 옛날에 저기 있었다."

갑자기 경우가 손가락으로 허공을 쿡 찔렀다. 화이트 로드 옆의 불모지를 향해서.

"진짜야?"

곤의 억양이 두 옥타브 이상 높아졌다. 지진으로 사라진 그 동네, 블랙 로드. 경우가 그곳에서 살았을 줄이야.

"응. 저기 중간쯤에."

그의 눈길이 경우의 손끝을 꾸준히 따라갔다.

"어디?"

"이젠 안 보여. 우리 집 통째로 파묻혔으니까⋯⋯."

화들짝 놀라서 그 자리에 서 버린 곤에게 경우는 괜찮다는 눈짓을 주었다.

"사실 그때 기억이 잘 안 나. 물건이 막 날아다니고 엄마가 나가라고 내 등을 떠민 것만 생각나. 난 한참 기절했다가 병원에서 깼어. 아, 엄만 나만 구해 주고 우리 집 기둥에 깔려 죽었다고 아빠가 그랬어. 너무 깊이 파묻힌 바람에 엄마 시체도 한참 만에 찾아서 화장했대. 늘 술에 찌든 아빠라 그 말 전부 믿을 순 없지만. 아, 우리 집 없어지기 전까진 아빠가 술 안 먹고 멀쩡했으니 맞으려나. 하여간 난⋯⋯ 재수가 없어. 엄마가 쓸데없이 날 구하는 바람에 내가 엄마 일까지 죄다 떠맡았잖아. 차라리 같이 죽었음 편했을걸."

경우가 자신을 재수 없는 사람이라고 하는 이유. 그 이유가 몹시도 서글펐다.

비극적인 경우의 가족사에 곤은 얼얼해졌다. 그의 목구멍이 꽉 막혔다. 뜨거운 밥알이라도 걸린 듯.

"그래서……."

그녀는 잠시 말을 끊더니 도발적으로 곤을 올려다보았다.

"난 니가 죽도록 부러워. 입학식 날에 널 처음 봤지. 애들이 니가 그 세븐 보이라고 수군거리더라. 지진이 왔는데 누군 개죽음 당하고, 누군 영웅 대접 받아. 난 천하의 재수 없는 년인데 넌 멀쩡하게 살아서 부모님이랑 떵떵거리며 잘만 살고, 흥!"

경우는 침을 튀기며 표독스럽게 그를 윽박질렀다.

"내 운까지 니가 모조리 뺏어 갔어. 알고는 있냐, 미운 놈아?"

'맙소사. 경우는 날 정말 미워하는구나!'

곤은 어깨를 늘어뜨리며 낙담하고 말았다.

혹시라도 경우가 자신을 좋아하는 거 아닐까, 그래서 목욕 봉사 핑계 대면서 접근하고 뽀뽀까지 한 게 아닐까 했던 그의 추측은 잔인하게 빗나갔다.

솟구치는 창피함과 실망감으로 곤이 거칠어졌다.

"하! 그래서 경석이 핑계 대면서 날 이용해 먹었냐? 내가 병신 같이 굴어서 통쾌했겠네."

곤은 폭주 기관차처럼 화를 주체할 수 없었다.

"별로. 이러나저러나 세븐 보이잖아."

경우가 침착하게 수긍했다. 불똥이 튀기 시작한 곤의 분노에 숫제 석유를 들이부었다.

"세븐 보이 좋아하시네. 누가 그딴 거 되고 싶대? 불사신도 아니고 난 그냥 무럭무럭 자라서 세븐틴이 됐어. 그게 다야. 지들 맘대로 불러 놓고 나보고 뭘 어쩌라고!"

그의 눈이 붉어졌다.

"나야말로 지진이 무섭단 말이야. 그니까 제발 운이 좋다고 하지 마!"

곤의 폭발은 혼자만의 아우성으로 끝났다.

영원히 안전한 곳은 지구상에 존재하지 않는다. 지진이 아니라도 사람은 언제고 무너질 수 있기에 두려움은 숨이 멎을 때까지 끝나지 않을 것이다. 사람들은 평생 이 지뢰밭 길을 걸어가야 한다. 언제 구덩이에 빠질지, 언제 하늘에서 우박이 떨어질지, 마음을 조마조마하면서.

10년 전 그날 곤을 덮친 게 우연히 지진이었을 뿐. 지진이 아니라면, 필시 다른 뭔가가 등장해 그를 괴롭혔을 거다. 태풍, 혹은 벼락, 혹은 이상한 여자애라든가.

잠시 후.

"너도 참 세상 복잡하게 사는구나, SB."

경우가 그를 측은히 바라보며 한 말은 그것이었다. 곤이 그 별명에 치를 떠는데도 기어이 그를 그렇게 불렀다.

"내가 그렇게 싫냐?"

곤이 이를 갈면서 물었다.

"응. 완전 싫어."

경우는 고개를 모로 기울이고서 끄덕였다.

누가 도끼로 내리찍은 듯 그의 심장이 쿵쾅거렸다. 경우에게 미움받는 게 이다지도 가슴 아리다니.

"그럼 좀만 더 기다려 보든가. 니가 날 저주하지 않아도 조만간 심장마비 걸려서 뒈질 것 같으니까."

심술궂게 이죽거리고선 곤이 가슴팍을 쥐어뜯었다.

"어디 아파?"

경우가 눈을 화등잔만큼 치켜떴다. 타조처럼 얼굴을 빼고서 그의 안색을 빤히 살폈다.

"그래."

"대체 어디가?"

그녀는 꼬치꼬치 캐물었다.

"심장병. 툭 하면 심장이 미칠 듯이 뛰어서 그런다, 왜!"

진지한 그의 낯빛을 보고 경우가 웃음을 깔깔 터뜨렸다.

"풉. 그건 나도 그래."

"그 정도가 아니란 말이야! 달리기만 하면 심장이 지랄 발광을 떠는 게…… 지금도 아파죽겠어. 제발 좀 멈춰라, 어휴!"

곤은 밀가루 반죽 치듯이 주먹으로 제 가슴을 통통 쳐 댔다. 경우에게 말한 걸 절절히 후회하면서.

"사람은 심장이 멈추면 죽는걸. 그니까 죽지 않으려면 아파도 뛸 수밖에 없는 거잖아. 우리가…… 그렇게 태어난 걸 어떡해."

곤의 주먹이 슬며시 멈추었다.

'그건 그렇지.'

깨달음은 짧고 명료했다.

"심장이 멈춘다는 것은 죽음을 말합니다."

과학 다큐멘터리의 아나운서가 또랑또랑 말했다.

곤이 슬그머니 눈초리를 내려 경우를 물끄러미 관찰했다.

찢어지게 가난한 데다 엄마는 지진에 죽고, 아빠는 가출하고, 오빠는 타고난 장애인이라니.

경우는 운이 지독히 없었다. 그럼에도 그녀는 열심히 적들과 맞섰다. 호시탐탐 곤에게서 운을 빼앗아 올 기회를 노렸다.

정말이지 경우는 대단하다. 이렇게 훌륭한 피사체를 놓칠 순 없었다. 구도만 잘 잡는다면 멋진 사진이 나올지도 몰랐다.

"부탁인데 내 모델…… 해 줄 수 있어? 공모전 사진으로 널 찍고 싶어."

불쑥 말해 놓고선 곤은 긴장한 얼굴로 경우의 예스를 기다렸다.

"모오델? 날 찍겠다고?"

경우는 어리둥절했다. 그가 당연히 해주를 찍을 거라고 믿었기에.

"해 줘."

"왜 난데?"

"별로 찍을 사람도 없어. 그리고 니 페이스가 좀…… 개성적이라."

곤은 솔직히 털어놓았다.

"못생겼단 거잖아."

경우가 두 눈을 불도그처럼 찡그렸다.

"아니야. 넌 개성적이라니까. 기념으로 니 사진 모아서 앨범으로 만들어 줄게. 어때?"

곤은 충동적으로 조건을 제시했다. 희대가 계획한 여자애 환심 사기용 앨범을 그도 써 먹을 작정이었다.

"한 입으로 두 말 하는 거 아니지?"

경우는 눈을 말똥말똥 뜨고서 재차 물었다. 앨범 얘기에 솔깃했는지 복숭아처럼 발그레해진 두 뺨이 사랑스러웠다.

곤은 침을 꼴까닥 삼켰다.

"믿어라 좀. 그래서 말인데 저기 약속의 의미로 키…… 뽀뽀해도 돼?"

가장 하고 싶던 말을 기어이 했다! 더우니까 아이스크림 사 먹으러 가자, 고 권유하는 듯 그는 최대한 평범히 물으려 애썼다.

덧붙여 곤은 키스 대신 뽀뽀라고 말한 스스로를 기특해했다. 우린 순수하게 약속의 의식을 행하는 거라고 핑계 대고 싶은 건지.

쯧. 자기 연민이고 감상이고 위로고 다 집어치우자. 곤은 경우의 입술, 저 오동통한 산딸기 빛깔의 입술을 찍고 싶었다. 카메라보단 그의 입술로 직접.

'왜 쟤만 보면 정신을 못 차리는 거지? 저 난쟁이 똥자루가 뭐가 예쁘다고.'

스스로도 이해 불가. 이해하지 못해도 뭐 어쩔 수 없었다. 어차 피 이 복잡다단한 세상에서 그가 이해할 수 있는 일은 많지 않았 다. 그의 이해를 구하지 않아도 일어날 일은 항상 일어났다. 지진 처럼.

경우는 망측한 곤의 제의에 놀라 주춤했다. 운동화 앞코로 울타 리를 톡톡 쳤다. 주변을 이리저리 살폈다.

화이트 로드에 선 두 사람. 그들의 오른편엔 죽은 진흙땅이, 왼 편으론 잘 닦인 아스팔트 도로가 있었다. 둘은 죽음과 삶, 혹은 과 거와 현재 사이의 경계선상에 서 있었다.

이 길을 끝까지 완주하지 않으면 안 된다. 달리든, 걷든, 기어가 든, 굴러가든. 어떻게든 길을 빠져나가야만 100미터 레이스도 끝 이 난다. 어느 누구도 대신 이 길을 걸어 줄 수 없었다.

"그냥 뽀뽀라면."

경우가 입술을 도넛 모양으로 오므렸다.

"설마 해서 말하는데 내가 널 좋아한다고 오해하지 마. 나도 선불을 받았으니까…… 돌려주는 거야.”

그녀는 수줍게 변명을 덧붙였다.

“선불?”

영문을 몰라서 곤이 눈을 가늘게 찢었다.

“버리려다가 말았지. 오빠가 그 샴푸 냄새를 하도 좋아해서.”

경우가 말하는 선불이란 샴푸였다. 그녀는 마당에 침입자처럼 떨어진 샴푸를 보곤, 곤의 짓이라는 걸 즉각 알아차렸다. 복도에서 그들을 외면한 죄책감을 만회하려는 곤의 얄팍한 양심도.

“할 거면 얼른얼른 해치우자. 누가 오기 전에.”

발딱, 키가 큰 곤을 위해서 경우가 먼저 턱을 30도쯤 비껴 올렸다.

발발이 든 턱 끝이 귀여웠다. 짙은 속눈썹 아래로 까만 동공들이 좌우로 움직였다. 입술이 바르르 떨렸다.

‘벌건 대낮에 얘랑 대놓고 뽀뽀라니. 내가 돌았지!’

곤의 입술도 바들바들 떨리는 중. 부끄러워 선뜻 그녀에게 다가 가지 못하고 어정쩡 섰다.

다행히 등을 진 태양의 거뭇한 그림자가 그의 수치심을 뭉그러 뜨렸다. 뜨거운 여름 햇살이 불안감을 지르밟아 녹였다.

‘까짓것 하자. 여기서 도망가면 바보, 찌질이지. 이왕이면 희대 에게 꿀리지 않게 제대로 하는 거야!’

가까스로 용기를 쥐어짠 곤이 고개를 기울였다. 경우에게로.

쪼옥.

두 개의 입술이 닿는 마찰음이 민망히 울려 퍼졌다.

쪼오옥.

용기를 낸 곤이 입술을 더 찰싹하게 밀어붙였다. 붉은 튤립처럼
부푼 경우의 입술로.

정수리까지 피가 확 쏠렸다. 그녀의 입술이 통통한 젤리마냥 탱
글탱글했다. 곤의 입술이 오목하게 벌어졌다. 심플한 입술 박치기
만으론 충족할 수 없는 그 어떤 결핍. 그 결핍증 때문에 마음껏 자
신을 내던지고 싶은 욕구가 일었다. 찌릿한 흥분이 무섭도록 곤을
뒤흔들었다.

'더럽게 뛰네. 이 망할놈의 심장.'

그는 저도 모르게 빨라진 심장박동 수를 세기 시작했다.

'10만, 12만?'

오늘 하루 사이에 자신에게 할당된 심장박동 수가 얼마나 줄어
들고 있는지 가늠해 봤다.

두렵지만 달리기를 멈추진 않으리. 오늘 심장박동 수가 줄어든
만큼, 곤은 또 하나의 새로운 처음을 맞을 테니까.

그는 차례차례 심장을 내어 주고 기억들을 빚어 갔다. 새큼한 첫
사랑을. 쓰라린 사춘기의 나날을. 그리고 막연한 안개처럼 낀 불안
의 중앙을 휘청거리며 걸어가는 어느 열일곱의 오후를.

도큰도큰, 두큰두큰.

서서히 곤의 심장을 짓누르는 통증이 달콤한 윤활유로 바뀌었다. 피부막을 뚫어 낼 듯 순풍순풍 뿜어져 나오는 혈액을 더욱 등 떠밀어 올렸다. 그렇게 붉은 혈기를 전신으로 빠르게 순환시켜 줬다.

두려웠다. 매일이 두려운 날들의 행진이었다. 내일도 분명 지진계를 확인하며 온갖 걱정과 불안에 떨겠지.

그럼에도 경우와 입술을 맞대고 있는 이 순간만은 황홀했다. 당장 고꾸라져 죽을 만큼 불안하다는 건, 동시에 그가 격렬히 살아 있다는 얘기. 불안감은 설렘의 또 다른 얼굴이다. 삶과 죽음은 서로의 등을 기대고 의지하고 있다.

'나 괜찮은 건가? 뛰어도 너무…… 뛰는걸.'

이러다 심장마비가 일어나진 않을까 슬슬 걱정되었다.

한편 궁금해졌다. 경우의 심장은 얼마나 빠른 속도로 뛰고 있을까?

곤은 두 귀를 아래로 쫑긋 기울였다. 이맛살을 끌어 모으고 심장을 탐구하는 과학도마냥 진중한 자세를 취했다.

역시나.

잉큼잉큼,

심장이 뛴다.

잉큼, 잉큼!

곤의 심장? 아님, 경우의 심장?

하여간에 누구의 것인지는 몰라도.

그것이 참…… 발칙하게도 뛰어오르고 있다.

작가의 말

지독히 운 좋은 소년, 곤.
지독히 운 나쁜 소녀, 경우.

타고난 운과 상관없이 모두 불안하다는 게 세상의 아이러니! 자칫 평온해 보이는 일상 속에서도 두 사람의 육체와 감성은 오만가지 종류의 지진에 시달리며 널뛴다.

매순간 곤과 경우의 심장은 '잉큼잉큼' 뛰고 있다. 불안감에 콧구멍이 슴벅슴벅 커지고, 머리털이 쭈뼛쭈뼛 서고, 숨결이 쉭쉭 거칠어지고, 솜털이 스삭스삭 일어선다.

둘은 어쩔 줄 몰라 하며 맨몸으로 속절없이 흔들린다. 그저 이

224 아이스크림이 녹기 전에

괴로운 지진이 빨리 지나가기만을 바라면서.

'폭풍성장'. 아드레날린의 포효. 2차 성징을 불러오는 호르몬의 나날들.

참 묘하지. 미친 듯 팔딱 뛰는 불안정이 싫고 무섭기만 한 것은 아니다. 동시에 미친 듯 설레니까.

지진 강박증에 시달리는 곤이 경우를 만난 일이야말로 대지진과 같다. 그럼에도 곤은 경우에게 끌린다. 발버둥 쳐도 도무지 그 아이를 거부할 수 없다.

싫으면서도 좋아죽겠고, 불쾌하면서도 기분이 황홀한. 천적인 듯, 첫사랑인 듯. 싫어하던 딸기 아이스크림이 갑자기 엄청 달콤해진 것처럼. 완전히 상반되며 모순된 감정들. 이 모두가 청소년이 느끼는 진실된 감정이다.

십 대는 끊임없이 불안해한다. 또한, 뭔가에 광적으로 설레어한다. 그렇다면 그들은 지금 잘 성장하고 있는 거다. 정말로. 그들이 탄 감정 롤러코스터가 새로운 경험으로 이끌어 줄 거다. 아이들의 키를 한 뼘 훌쩍 자라게 해 줄 거다.

내가 십 대들에게 들려주고 싶은 얘기는 늘 같다.

"불안해도 괜찮아. 사실 다들 그런 걸. 어른들도 마찬가지야."

그러니 차라리 마음껏 불안해하라. 지진이 와도, 성적이 떨어져도, 친구가 없어도, 말할 꿈이 없어도, 방금 산 아이스크림이 화르르 녹아 손을 흠뻑 적셔도…… 그 불안 속을 터벅터벅 걸어가라.
한 발, 한 발씩.
천천히 가도 된다. 그 자리에 영원히 멈춰 서 있지만 않으면 괜찮다.

종이책을 따끈따끈 맛있게 구워 내 주신 자음과모음에 감사한다.
항상 불굴의 힘이 되어 주는 나의 가족에게도 무한한 사랑을 바친다.

진저

아이스크림이 녹기 전에

© 진저, 2018

초판 1쇄 발행일 | 2018년 7월 20일
초판 2쇄 발행일 | 2022년 11월 7일

지은이 | 진저
펴낸이 | 정은영

펴낸곳 | (주)자음과모음
출판등록 | 2001년 11월 28일 제2001-000259호
주   소 | 10881 경기도 파주시 회동길 325-20
전   화 | 편집부 (02)324-2347, 경영지원부 (02)325-6047
팩   스 | 편집부 (02)324-2348, 경영지원부 (02)2648-1311
이메일 | jamoteen@jamobook.com
블로그 | blog.naver.com/jamogenius

ISBN 978-89-544-3883-4 (43810)

이 도서의 국립중앙도서관 출판예정도서목록(CIP)은 서지정보유통지원시스템 홈페이지
(http://seoji.nl.go.kr)와 국가자료공동목록시스템(http://www.nl.go.kr/kolisnet)에서
이용하실 수 있습니다.(CIP제어번호: CIP2018017777)